KB183299

동물 농장
Animal Farm

동물 농장

초판 1쇄 발행 2025년 1월 20일

지 은 이	조지 오웰
옮 긴 이	최성애
펴 낸 이	한승수
펴 낸 곳	문예춘추사

편 집	구본영
디 자 인	박소윤
마 케 팅	박건원, 김홍주

릉톡번호	세300-1994-16
등록일자	1994년 1월 24일

주 소	서울특별시 마포구 동교로 27길 53, 309호
전 화	02 338 0084
팩 스	02 338 0087
메 일	moonchusa@naver.com
I S B N	978-89-7604-707-6 03840

조지 오웰 지음
최성애 옮김

George Orwell

동물 농장
Animal Farm

문예춘추사

1943년 방송사 BBC 재직 시절의 조지 오웰

차례

제1장 _ 007

제2장 _ 021

제3장 _ 034

제4장 _ 045

제5장 _ 054

제6장 _ 069

제7장 _ 082

제8장 _ 099

제9장 _ 118

제10장 _ 134

옮긴이의 글 _ 149

조지 오웰 연보 _ 154

제1장

밤이 되자 매이너* 농장의 주인인 미스터 존스는 닭장 문을 모두 잠갔다. 하지만 술에 너무 취한 나머지 여기저기 뚫린 개구멍을 막는 걸 깜박 잊고 말았다. 걸음을 옮길 때마다 그의 손에 들린 호롱불에서 뿜어져 나오는 둥그런 빛이 양옆으로 흔들렸다. 흐느적흐느적 비틀거리며 마당을 질러간 그는 뒷문 언저리에 부츠를 벗어던진 후, 부엌에 있는 커다란 술통을 열고는 맥주잔을 가득 채워 들이켰다. 그날의 마지막 술잔이었다. 그런 다음, 아내가 이미 코를 골며 잠들어 있는 침대로 곧장 몸을 던졌다.

---

* manor. 원래, 봉건 제도에서 토지 소유의 한 형태를 의미한다. 유럽 중세기에 귀족이나 사원이 소유한 넓은 토지, 즉 장원莊園이다.(옮긴이)

미스터 존스의 침실 전등이 꺼지기가 무섭게, 농장의 모든 축사 안에서 부스럭대고 퍼덕거리는 소리가 들리기 시작했다. 그날 낮에 쫙 퍼진 어떤 소식 때문이었다. 품종이 뛰어나기로 잘 알려진 중형 요크셔 수퇘지인 올드 메이저가 그 전날 밤에 이상한 꿈을 꾸었는데, 농장 안의 다른 동물들에게 그 꿈에 대해 말해주고 싶어 한다는 소식이었다. 미스터 존스가 잠자리에 든 것을 확인하는 즉시, 한 마리도 빠짐없이 제일 큰 헛간에서 모이기로 서로서로 약속했었다. 올드 메이저(그의 공식 이름은 윌링던 뷰티이지만, 동물들 사이에선 올드 메이저로 불렸다)는 농장 동물들의 존경을 한 몸에 받고 있던 터라, 그의 말을 듣기 위해 한 시간 정도 밤잠을 포기하는 데 아무도 불만을 갖지 않았다.

올드 메이저는 헛간 한쪽 끝의 약간 불룩한 둔덕에 깔아놓은 짚단 위에서 편안한 자세로 일찌감치 자리 잡고 있었다. 그의 머리 위쪽 기둥에는 호롱불 하나가 걸려 있었다. 나이가 열두 살인 그는 최근에 살이 약간 더 찌긴 했지만, 여전히 위엄 장대한 모습을 유지하고 있었다. 송곳니를 그대로 가지고 있음에도 그는 언제나 인자하고 지혜로운 인상을 풍겼다. 동물들이 속속 헛간 안으로 모여들며 각자 자신에게 맞는 편안한 자세로 자리를 잡았다. 블루벨, 제시, 핀처라는 개 세 마리가 제일 먼저 도착했다. 뒤이어 돼지들이 들어와 올드 메이저가 있는 연단 바로 앞 짚단 위에 자리 잡았다. 암탉들은 창틀을 홰 삼아 앉았고, 비둘기들은 서까래 위로 날아올라 앉았다.

양들과 소들은 돼지들 뒤에 몸을 뻗고 앉아 되새김질을 시작했다. 일말인 복서와 클로버는 나란히, 그리고 천천히 걸어 들어오더니 털이 북슬북슬한 거대한 발굽을 아주 조심스레 땅에 내려놓으며 멈추었다. 행여나 짚더미 안에 작은 동물들이 몸을 뉘이고 있는 것은 아닐까 해서였다. 클로버는 중년에 접어드는 뚱뚱하고 자애로운 어미 말로서, 넷째 망아지를 출산한 이후론 젊은 시절의 모습을 영영 되찾지 못했다. 복서는 키가 거의 열여덟 뼘이나 되는 우람한 수컷으로서, 보통의 말 두 마리를 합한 것만큼이나 힘이 셌다. 코 아랫부분의 살이 하얗게 벗겨져 조금 우둔하게 보였는데, 어쨌거나 복서는 머리로 승부하는 말은 아니었다. 하지만 그는 끈기와 성실성으로 모든 동물들에게서 한결 같은 존경을 받고 있었다. 클로버와 복서의 뒤를 이어 하얀 염소 뮤리엘과 당나귀 벤저민이 들어왔다. 벤저민은 매이너 농장에서 가장 나이가 많은 동물인 데다가 성격도 가장 고약했다. 그는 말을 하는 법이 거의 없었고, 말을 하는 경우라 하더라도 언제나 냉소적으로 몇 마디 내뱉을 뿐이었다. 예컨대 '신이 내게 꼬리를 갖게 한 것은 파리를 쫓아버리라는 뜻에서다. 하지만 나는 꼬리도, 파리도 없는 편이 더 좋다'라는 식이었다. 그 농장에서 절대로 웃지 않는 동물은 오로지 벤저민뿐이었다. 다른 동물들이 다 웃는 일에도 그는 웃지 않았다. 왜 웃지 않느냐고 물으면, 자기는 뭐가 우스운지 모르겠다고 대답했다. 하지만 결코 그가 공개적으로 인정한 바는 없으나 벤저민은 복서에게 아주 헌신적이었다. 그 둘은 일요일이면 과수원 너머 방목지에서 나란히 풀을 뜯으며 시간을 보냈다. 물론 아무 말도 하지 않으면서 말이다.

클로버와 복서가 자리를 잡고 앉을 무렵, 최근에 어미를 잃은 새끼오리 한 무리가 헛간 안으로 행진하며 들어왔다. 그들은 삐악삐악대며 연신 좌우를 둘러보았다. 다른 동물의 발에 밟히지 않고 안전하게 앉을 자리를 찾기 위해서였다. 클로버가 커다란 앞다리로 원을 만들어 울타리를 쳐주자 새끼오리들은 그 안으로 바싹 파고들고는 곧 잠에 빠져들었다. 그 뒤를 이어서 미스터 존스의 이륜마차를 끄는, 어리석지만 예쁘장한 흰색 암말 몰리가 등장했다. 그녀는 각설탕 한 덩어리를 씹으며 고상한 척 씰룩대는 걸음으로 들어왔다. 그러고는 앞쪽에 자리를 잡더니 자신의 하얀 갈기를 뻐기듯 좌우로 흔들기 시작했다. 갈기에 묶인 빨간 리본들을 한껏 뽐내기 위해서였다. 가장 마지막으로 헛간에 도착한 동물은 고양이였다. 그녀는 언제나처럼 주변을 둘러보며 제일 포근한 자리를 물색하더니 결국 복서와 클로버 사이를 비집고 들어가 앉았다. 따뜻한 맛에 기분이 좋아진 고양이는 메이저가 연설하는 내내 그의 연설에는 전혀 귀 기울이지 않은 채, 쉴 새 없이 가르랑거리기만 했다.

드디어 동물들이 모두 모였다. 참석하지 않은 동물은 집까마귀 모세뿐이었다. 모세는 뒷문 뒤의 횃대에서 잠을 자고 있었다. 동물들이 모두 편안한 자세로 착석한 모습을 본 메이저는 잠시 목소리를 가다듬은 후 연설을 시작했다.

"동지 여러분! 이미 여러분들은 제가 어젯밤에 예사롭지 않은 꿈을 꾸었다는 얘기를 들었을 겁니다. 하지만 꿈 얘기는 조금 나중에 하겠습니다. 그보다 먼저 여러분께 하고픈 말이 있습니다. 동지들! 제가 여러분과 함께할 날도 그리 많이 남지 않았습니다. 눈을 감기 전에, 제가 살아오면서 배운 지혜를 여러분께 꼭 전해드려야 할 것 같습니다. 그게 제 의무처럼 느껴집니다. 저는 아주 오래 살았습니다. 따라서 생각할 시간도 아주 많았습니다. 축사에 혼자 누워 있을 때면 더더욱 그랬습니다. 이 세상의 삶의 모습에 대해, 저는 현존하는 그 어느 동물보다 더 잘 알고 있다고 감히 말씀드릴 수 있습니다. 제가 말씀드리고자 하는 것은 바로 그것에 대해서입니다.

자, 동지들! 우리들의 삶의 모습은 어떻습니까? 우리 한번 툭 터놓고 말해봅시다. 우리네 삶은 비참하기 짝이 없고, 힘든 노동으로 점철되었으며, 그나마 오래 살지도 못합니다. 태어나는 순간부터 우리는 겨우 목숨을 지탱할 정도의 식량만 제공받습니다. 일할 능력이 되는 동물들은 마지막 젖 먹던 힘까지 꽉꽉 짜내어 일하도록 강요당합니다. 그리고 더 이상 쓸모없다고 판단되는 순간, 우리는 말로 형용할 수 없는 잔인한 방법으로 도살당합니다. 영국 땅에 사는 그 어떤 동물도 한 살이 지난 후부터는 행복이라든지 여가라든지 하는 말의 뜻을 결코 알 수가 없습니다. 영국의 그 어떤 동물도 자유롭지 못합니다. 동물의 삶은 고통의 삶이자 노예의 삶입니다. 이것이 우리의 엄연한 현실입니다.

그 이유가 무엇이겠습니까? 단지 자연의 질서일까요? 우리가 살고 있는 땅이 너무 척박해서 그곳에 사는 모든 동물들을 제대로 먹여 살리지 못하기 때문일까요? 아닙니다, 동지들. 절대로 그렇지 않습니다! 영국의 땅은 비옥합니다. 기후도 아주 좋습니다. 영국 전역에 사는 농불늘을 모두 배불리 먹이고도 남을 만큼 풍부한 양식을 제공할 여력이 있습니다. 이 매이너 농장 하나만 해도 말 열두 마리, 소 스무 마리, 양 수백 마리를 충분히 먹여 살릴 수 있습니다. 그 많은 동물들이 우리의 상상을 초월할 정도로 안락하고 품위 있게 살 수 있는 겁니다. 그럼에도 불구하고, 도대체 왜 우리는 이런 비참한 삶을 계속 살아가는 겁니까? 그건 우리의 노동으로 일궈진 거의 모든 생산물을 인간들이 가로채버리기 때문입니다. 동지 여러분! 우리의 모든 의문에는 딱 한 가지 답이 있습니다. 그 답은 한 단어로 요약될 수 있습니다. 바로 '인간'입니다. 우리의 진정한 적은 인간입니다. 인간을 몰아냅시다. 그러면 굶주림과 중노동도 영원히 사라질 것입니다.

생산은 하지 않고 소비만 하는 유일한 피조물이 바로 인간입니다. 인간은 우유를 만들어내지 못합니다. 알도 낳지 못합니다. 근력이 없어서 쟁기도 끌지 못하고, 토끼 사냥을 할 수 있을 만큼 빨리 달리지도 못합니다. 그런데도 인간은 모든 동물의 주인으로 군림합니다. 동물들을 일터로 내보내고, 그들에게 그저 굶어 죽지 않을 정도의 최소한의 여물만 줍니다. 나머지는 모두 자기네가 차지합니다. 우리의 노동으로 땅이 경작되고 우리의 대소변으로 땅이 비옥해지지만, 우리들 중 그 어느 누구도 헐벗은 자기 몸뚱이 이상은 가진 것이 없습니다. 제 앞에 앉아 있는 젖소 동지들에게 묻겠습니다. 지난 한 해 동안 동지들은 얼마나 많은 우유를 생산해냈습니까? 수천 갤런이 아닙니까? 동지들의 자식들이 튼튼한 송아지로 자라나도록 맘껏 먹였어야 할 그 우유가 다 어떻게 되었습니까? 그 우유의 마지막 한 방울까지 모두 우리 적들의 목구멍으로 흘러들어갔지요. 그리고 저기 계신 암탉 동지 여러분. 지난 한 해 동안 얼마나 많은 달걀을 낳았습니까? 그중 과연 몇 개만이 병아리로 부화될 수 있었습니까? 나머지는 모두 시장에 내다 팔려 돈으로 둔갑한 뒤, 존스네 가족과 그의 수하들의 주머니만 채워주었습니다. 그리고 여기 있는 클로버 동지. 동지가 낳은 네 마리 망아지들은 지금 어디 있습니까? 동지가 나이 들면 동지를 돌봐주고 기쁨이 되어주어야 할 그 자식들 말입니다. 네 마리 모두 한 살이 되자마자 팔려나갔지요. 동지는 두 번 다시 그 아이들을 볼 수 없습니다. 네 차례의 힘겨운 출산과 농장에서의 중노동에 대한 보답으로 받은 것은, 한 줌의 여물과 마구간 한구석이 전부이지 않습니까?

　게다가 우리는 비참한 삶이나마 제 명에 죽지도 못합니다. 물론 제 경우는 불평할 수 없습니다. 저는 몇 안 되는 행운아라 할 수 있습니다. 열두 해를 살았고, 사백 마리가 넘는 지손을 낳았으니까요. 돼지로선 천수天壽를 누린 셈입니다. 하지만 저를 포함한 그 어느 동물도 마지막 순간에 그 잔혹한 칼날을 피할 수 없습니다. 제 앞에 앉아 있는 비육용肥育用 돼지 여러분, 여러분은 모두 일 년 안에 도축장으로 끌려가 비명 속에서 죽어갈 것입니다. 그 공포의 날은 우리 모두에게 찾아올 겁니다. 젖소도 돼지도 닭도 양도 모두 그렇습니다. 말이나 개의 운명 역시 더 나을 바 없습니다. 복서 동지. 동지의 그 강인한 근육이 힘을 잃는 바로 그날, 존스는 동지를 도축업자에게 팔아넘길 겁니다. 도축업자는 동지의 목을 딴 후, 동지를 끓는 물에 삶아 사냥개들의 먹이로 던져줄 겁니다. 개들은 어떨까요? 그들이 늙고 이빨이 다 빠지고 나면, 존스는 그들의 목에 벽돌을 묶은 뒤 가까운 연못에 빠뜨려 익사시킬 겁니다.

동지들, 이쯤 되면 우리 동물들의 고통스런 삶이 바로 인간의 폭정에서 비롯된다는 것이 너무도 분명하지 않습니까? 인간을 몰아내는 것만이 우리 노동의 산물을 우리 자신의 것으로 만드는 길입니다. 인간을 몰아내는 그 순간, 하룻밤 사이에 우리는 부자가 되고 자유를 얻을 수 있습니다. 그렇다면 지금 우리가 해야 할 일이 무엇입니까? 밤이고 낮이고 혼신을 다해서 인간이라는 종족을 이 땅에서 제거해야 합니다! 제가 동지 여러분께 드리고자 하는 메시지는 이겁니다. '반란'을 일으켜라! 그 반란이 언제 일어날지, 저는 알 수 없습니다. 일주일 후에 일어날 수도 백 년 후에 일어날 수도 있을 겁니다. 하지만 저는 압니다. 내 발밑에 깔린 이것이 밀짚임을 아는 것만큼이나 분명히 압니다. 조만간 정의가 구현되리라는 것을 말입니다.

동지들, 이 점을 잊지 마십시오. 여러분이 살아 계시는 동안 한시도 이 점을 잊지 마셔야 합니다! 그리고 무엇보다도 저의 이 메시지를 여러분들의 자손들에게도 대대로 전해주십시오. 그래야만 우리의 후손들 역시 승리의 그날이 올 때까지 투쟁을 이어갈 것입니다.

그리고 기억하십시오, 동지들. 여러분의 결의가 절대로 흔들리면 안 된다는 것을. 어떤 다른 주장도 여러분을 미혹시키면 안 됩니다. 인간과 동물의 이해관계가 일치한다고, 인간의 번영이 곧 동물의 번영이라고 말하는 누군가가 나타날지도 모릅니다. 절대로 그 말에 현혹되면 안 됩니다. 그건 모두 거짓말이니까요. 인간은 자기 자신들 외에 그 어느 누구의 이익에도 관심을 두지 않습니다. 투쟁을 하는 동안 우리 동물들 간에 완벽한 단결을, 완벽한 동지애를 구축해야 합니다. 모든 인간이 우리의 적입니다. 모든 동물이 우리의 동지입니다."

그 순간, 큰 소동이 일어났다. 올드 메이저가 연설하는 동안 커다란 쥐 네 마리가 쥐구멍에서 살금살금 기어 나와 앞다리를 든 채 앉아서 그의 말을 경청했다. 개들이 그들을 발견하고 달려들려는 순간, 쥐들은 재빨리 쥐구멍으로 다시 들어갔다. 올드 메이저는 조용히 하라는 뜻으로 다리를 들어 올렸다.

"동지들!" 그가 말했다. "지금 우리가 결정해야 할 일이 한 가지 있습니다. 쥐라든가 토끼들과 같은 야생동물에 관한 것입니다. 그들은 우리의 친구입니까, 아니면 적입니까? 이 문제를 투표로 결정합시다. 여러분께 묻습니다. 쥐들은 우리의 동지입니까?"

투표는 즉시 이루어졌다. 그리고 절대다수의 참석자들이 쥐가 동지라는 데 찬성했다. 세 마리 개와 고양이는 쥐가 동지라는 데에도, 또 적이라는 데에도 모두 투표했다는 사실이 곧 밝혀졌다. 올드 메이저가 연설을 계속했다.

"제가 하고자 했던 말을 거의 마쳤습니다. 한 가지만 더 강조하겠습니다. 인간과, 인간의 모든 방식에 대해 적개심을 가져야 한다는 것을 한시도 잊지 마십시오. 어떤 상황에서도 두 다리를 가진 것들은 우리의 적입니다. 어떤 상황에서도 네 다리를 가진 것들은, 혹은 날개를 가진 것들은 우리의 친구입니다. 또한 인간과 투쟁하는 동안, 절대로 그들을 닮아서는 안 된다는 점을 명심하십시오. 여러분들이 인간과의 싸움에서 승리한 이후에도, 절대로 그들의 악행을 답습하면 안 된다는 점을 기억하십시오. 어떤 동물도 인간의 집에서 살거나, 인간의 침대에서 자거나, 옷을 입거나, 술을 마시거나, 담배를 피우거나, 돈을 만지거나, 장사를 하면 안 됩니다. 인간이 하는 모든 행위는 악입니다. 무엇보다도, 어떤 동물도 다른 동물을 억압해서는 안 됩니다. 약한 동물이건 강한 동물이건, 영악한 동물이건 단순무식한 동물이건 우리는 모두 형제들입니다. 어떤 동물도 다른 동물을 죽여서는 안 됩니다. 모든 동물은 평등합니다.

자, 동지 여러분. 이제 어젯밤에 제가 꾸었던 꿈에 대해 말씀드리겠습니다. 여러분께 그 꿈을 상세하게 묘사할 수는 없습니다. 그것은 인간이 완전히 사라진 후의 세상에 대한 꿈이었습니다. 그 꿈은 제가 아주 오랫동안 잊고 있던 어떤 것을 기억하게 해주었습니다. 여러 해 전 제가 아기돼지였을 때, 제 어머니와 다른 암퇘지 몇 마리가 부르던 노래가 있습니다. 제 어머니도 또 다른 암퇘지들도 가사를 다 알지는 못했습니다. 첫 부분 세 마디와 곡조만 알고 있었죠. 저는 아기 때에 그 곡조를 익혔습니다만, 세월이 지나면서 까맣게 잊고 있었습니다. 그런데 어젯밤 그 곡조가 제 꿈에 다시 등장했습니다. 그뿐만이 아니라 그 노래의 가사도 등장했습니다. 옛날 옛적에 동물들이 부르다가 세대가 여러 차례 바뀌면서 잊혀버린 노래임이 분명합니다. 동지 여러분께 지금 그 노래를 불러드리겠습니다. 저는 늙었고 제 목소리는 잔뜩 쉬었습니다만 제가 여러분께 그 곡조를 가르쳐드리면, 여러분은 훨씬 더 잘 부르실 수 있으리라 믿습니다. 그것은 〈영국의 짐승들〉이라는 노래입니다."

올드 메이저는 잠시 목청을 가다듬은 후 노래를 부르기 시작했다. 그가 말한 것처럼 그의 목소리는 몹시 거칠었지만 노래를 제법 잘 불렀다. 〈클레멘타인〉*과 〈라 쿠카라차〉**의 중간쯤 되는 감동적인 곡조였다. 가사는 다음과 같았다.

---

* Clementine. 미국의 구전 가요. 딸을 잃은 광부의 슬픔과 회한을 담았다.(옮긴이)

** La Cucaracha. 멕시코의 민요. 스페인어로 '바퀴벌레'를 뜻하며 멕시코 민중의 생명력을 함축적으로 표현한 이 노래는 혁명가로 불렸다.(옮긴이)

영국의 짐승들이여, 아일랜드의 짐승들이여,
세상의 모든 짐승들이여,
황금빛 미래에 대한
나의 이 기쁜 소식에 귀 기울여보라.

머지않아 그날이 도래할지니,
압제자 인간은 타도되고,
오직 우리 짐승들만이
영국의 비옥한 밭과 들판을 거닐 것이리라.

코뚜레는 사라지고,
우리들 등짝 위의 마구馬具도 벗겨내질 것이리라.
재갈과 박차는 녹슬어 영원히 사라질 것이고,
잔혹한 회초리는 더 이상 우리의 살을 찢을 일 없을 것이리라.

그날이 오면 상상할 수 없을 정도의 부가 얻어질 것이니,
밀과 보리, 귀리와 건초,
토끼풀과 콩과 사탕무,
이 모든 것들이 우리 것이 될 것이리라.

영국의 모든 들과 밭에 환하게 빛이 비출 것이고,

영국의 모든 강과 냇물은 더없이 맑고 투명할 것이며,

영국의 모든 산들바람은 더없이 달콤할 것이리라.

우리가 해방되는 바로 그날.

그날을 위해 우리는 열심히 애써야 하리라.

그날을 보기 전에 목숨이 다하더라도.

젖소들과 말들과 거위들과 칠면조들,

모두모두 자유를 위해 땀 흘리리라.

영국의 짐승들이여, 아일랜드의 짐승들이여,

세상의 모든 짐승들이여,

황금빛 미래에 대한

나의 이 기쁜 소식에 귀 기울여보라.

올드 메이저의 노래를 들으며 동물들은 흥분의 도가니에 빠져 들었다. 그가 노래를 미처 끝내기도 전에, 동물들은 그것을 따라 부르기 시작했다. 가장 머리가 나쁜 동물들조차 벌써 그 곡조를 익혔고 가사 몇 마디를 따라 할 수 있었다. 돼지나 개와 같은 똑똑한 동물들은 몇 분도 지나지 않아 가사를 몽땅 외워버렸다. 몇 번 연습을 하고 난 후 매이너 농장은 〈영국의 짐승들〉의 합창으로 떠나갈 듯했다. 젖소들은 음매음매, 개들은 워우워우, 양들은 매애매애, 말들은 히힝히힝, 오리들은 꽥꽥대며 노래 불렀다. 그들은 너무도 기분 좋은 나머지, 그 노래를 다섯 번이나 연거푸 불렀다. 도중에 방해를 안 받았다면 아마도 밤새도록 불렀을 것이다.

안타깝게도 아우성 소리에 잠을 깬 미스터 존스는 용수철처럼 침대를 박차고 일어났다. 앞뜰에 여우가 나타난 모양이리고 생각한 그는 침실 모서리에 둔 총을 집어 들더니 어둠 속으로 총알 여섯 개를 발사했다. 총알 몇 개가 헛간 벽에 박히면서 동물들은 풍비박산이 되어 각자의 잠자리로 서둘러 돌아갔다. 새들은 횃대 위로 날아올랐고, 땅짐승들은 밀짚 속으로 몸을 숨겼다. 매이너 농장의 모든 동물들은 삽시간에 쥐죽은 듯 잠이 들었다.

제2장

사흘 후, 올드 메이저는 잠자는 사이에 평화롭게 세상을 떴다. 그의 시신은 과수원 기슭에 묻혔다.

3월 초의 일이었다. 그 후 석 달 동안 여러 가지 비밀스런 움직임이 있었다. 올드 메이저의 연설은 매너 농장에 있는 비교적 똑똑한 몇몇 동물들에게 삶에 대한 완전히 다른 관점을 가져다주었다. 그들은 메이저가 예언한 '반란'이 언제 일어날지 알지 못했다. 자신들이 살아 있을 동안 일어날 것으로 확신할 근거도 갖고 있지 않았다. 하지만 그들은 반란을 준비하는 게 자신들이 해야 할 의무라고 분명하게 여겼다. 동물들을 가르치고 조직하는 일은 자연스럽게 돼지들이 맡게 되었다. 돼지들은 모든 동물 중 가장 똑똑하다고 알려진 터였다. 매이너 농장 돼지들 중에서도 가장 걸출한 두뇌를 가진 것은 스노우볼과 나폴레옹이라는 이름의 두 수퇘지들로서, 미스터 존스가 팔려고 기르던 것들이었다. 나폴레옹은 꽤 몸집이 크고 사납게 생긴, 매이너 농장의 유일한 버크셔 수퇘지였다. 그는 과묵한 편이었지만 한번 뜻을 품으면 반드시 관철해내고 마는 성격으로 알려져 있었다. 스노우볼은 나폴레옹보다 훨씬 더 쾌활하고, 말도 더 빨리 하고, 더 독창적인 돼지였다. 하지만 나폴레옹만큼 진중한 성격을 가지진 못한 것으로 평가되었다. 농장의 다른 모든 수퇘지들은 비육돈肥育豚이었다. 그들 중 제일 유명한 돼지는 스퀼러라는 이름의 작고 뚱뚱한 돼지로서, 양 볼이 아주 동그랗고 눈은 반짝거렸으며 날렵하게 움직였고 째지듯 날카로운 목소리를 가졌다. 스퀼러는 말을 아주 그럴싸하게 잘했다. 그는 뭔가 어려운 문제에 대해 이야기할 때면 폴짝폴짝 뛰며 양옆으로 왔다 갔다 하거나 꼬리를 휘젓는 버릇을 지녔는데, 그런 동작이 꽤 설득력이 있었다. 스퀼러는 검은 것도 흰 것으로 만들어버릴 정도로 말재간이 있다고 평가받았다.

올드 메이저의 가르침을 완벽한 사상 체계로 세련되게 정립한 것은 바로 이 세 마리 돼지였다. 그들은 그 사상을 '동물주의'라 이름 붙였다. 일주일에 몇 번씩 미스터 존스가 잠이 든 것을 확인한 후, 그들은 헛간에서 비밀 회합을 열어 다른 동물들에게 동물주의의 원리들을 자세히 설명해주었다. 처음에는 극심한 무관심과 무지에 봉착하기도 했다. 몇몇 동물들은 미스터 존스에게 충성을 다하는 것이 자신들의 의무라고 주장했다. 그들은 미스터 존스를 꼬박꼬박 "주인님"이라 불렀으며, "우리에게 밥을 주는 사람은 미스터 존스야. 그가 없어지면 우리는 굶어 죽게 돼"라고 말하곤 했다. "우리가 죽은 다음의 일에 왜 신경을 써야 하지?"라든가 "그 반란이라는 것이 필연적으로 일어날 수밖에 없다면, 굳이 우리가 그걸 준비해야 할 이유는 뭐지?"라는 질문을 던지는 동물들도 있었다. 스노우볼과 나폴레옹과 스퀄러는 그러한 순종적인 태도나 어리석은 질문들은 동물주의에 전적으로 위배된다는 점을 나머지 동물들에게 이해시키려 무진 애를 썼다. 모든 질문 중에서도 가장 바보 같은 질문을 던진 것은 흰 암말인 몰리였다. 그녀가 스노우볼에게 던진 첫 질문은 이랬다. "반란이 일어난 후에도 설탕이 있을까요?"

"아뇨." 스노우볼이 단호하게 말했다. "이 농장에는 설탕을 만들 시설이 없습니다. 게다가 당신은 설탕이 필요 없을 겁니다. 당신이 원하는 만큼의 귀리와 건초를 충분히 갖게 될 테니까요."

"그렇다면 제 갈기에 리본을 다는 것은 계속 허락이 될까요?"

"동지." 스노우볼이 말했다. "당신이 그토록 애지중지하는 그 리본들은 당신이 노예라는 것을 말해주는 표식에 불과합니다. 자유가 리본보다 더 가치 있다는 것을 모르시겠습니까?"

몰리는 안다고 대답했다. 하지만 그다지 자신 있는 목소리는 아니었다.

돼지들은 또한 집까마귀 모세가 퍼뜨리고 다니는 거짓말에 대응하느라 무진 애를 써야 했다. 미스터 존스의 총애를 받고 있는 모세는 스파이인 데다가 고자질쟁이이기도 했으며 입담도 아주 좋았다. 그는 '슈가캔디 마운틴'이라 불리는 신비한 나라가 존재한다는 것을 알고 있다고 말했다. 동물들이 죽으면 모두 그곳으로 가게 되는데, 구름보다 조금 더 높은 하늘 어딘가에 있는 나라라고 했다. 슈가캔디 마운틴에서는 일주일 내내 일요일이고 일 년 내내 토끼풀이 즐비하며, 생울타리마다 각설탕과 아마씨 깻묵이 자라난다고 떠벌렸다. 동물들은 모세를 미워했다. 늘 수다만 떨 뿐이고 일은 조금도 하지 않기 때문이다. 그러나 일부 동물들은 슈가캔디 마운틴의 존재를 믿었다. 돼지들은 그러한 곳은 결코 존재하지 않는다고 설득하는 데 땀깨나 흘려야 했다.

돼지들을 가장 충성스럽게 따른 것은 일말인 복서와 클로버였다. 이 두 마리 말은 뭔가를 자주적으로 생각해내는 데에는 아주 서툴렀지만, 일단 돼지들을 스승으로 받아들인 뒤부터는 그들이 하는 말은 무조건 옳다고 여겼다. 그리고 돼지들의 말을 다른 동물들에게 부지런히, 아주 간단명료하게 전달했다. 복서와 클로버는 헛간에서 열리는 비밀 회합에 단 한 번도 빠지지 않고, 회의가 끝날 때마다 〈영국의 짐승들〉을 선창했다.

반란은 그 누구의 예상보다 더 빨리, 더 쉽게 성공했다. 몇 년 전까지만 해도 미스터 존스는 거친 주인이긴 해도 제법 성공적인 농장주였다. 그러나 최근 들어 그는 운이 따르지 않았다. 소송에 휘말려 돈을 잃은 뒤 너무나 상심한 나머지 몸이 상할 정도로 술을 마셔댔다. 며칠씩 꼼짝도 하지 않고 부엌에 있는 등받이 의자에 몸을 틀어박은 채 신문을 보거나, 술을 마시거나, 이따금 맥주에 적신 빵 부스러기를 모세에게 먹이곤 하는 때가 많았다. 그가 부리는 일꾼들은 게으른 데다 정직하지 못했고, 들과 밭에는 잡초가 무성했으며, 농장 부속 건물들의 지붕도 너덜너덜해져 갔다. 생울타리는 망가졌고, 동물들도 제대로 먹이지 못해 야위어갔다.

6월이 왔다. 건초용 목초도 딱 베기 좋을 정도로 자라 있었다. 세례 요한 축제일을 하루 앞둔 6월 23일의 일이었다. 토요일인 그날, 미스터 존스는 윌링던 읍내의 '레드 라이온' 술집에 가서 고주망태가 되도록 술을 마셨다. 그러곤 다음 날인 일요일 정오가 될 때까지 집에 돌아오지 않았다. 존스의 일꾼들은 이른 아침 젖소에게서 젖을 짠 뒤, 농장 동물들에게 밥도 주지 않은 채 곧장 토끼 사냥을 하러 나갔다. 미스터 존스는 집에 돌아오자마자 거실 소파에 쓰러져 《세계의 뉴스》라는 잡지를 얼굴에 덮은 채 잠에 곯아떨어졌다. 날이 어두워질 때까지 동물들은 밥 한술 먹지 못했다. 그들은 더 이상 참을 수가 없었다. 젖소 한 마리가 자신의 뿔로 곳간 문을 부쉈고, 나머지 동물들은 안으로 들어가서 닥치는 대로 먹이를 먹었다. 그 순간에 미스터 존스가 잠에서 깨어났다. 그와 네 명의 일꾼들이 채찍을 사방으로 휘두르며 곳간에 들이닥쳤다. 허기진 동물들은 그 상황을 참을 수 없었다. 그들은 일제히 인간들을 향해 돌진했다. 결코 사전에 계획한 행동이 아니었다. 존스와 일꾼들은 삽시간에 사방에서 달려드는 동물들에게 차이고 물어 뜯겼다. 도저히 걷잡을 수 없는 상황이었다. 그들은 동물들이 이렇게 날뛰는 모습을 본 적이 없었다. 마음 내키는 대로 마구 때리고 학대해도 가만히 있기만 했던 동물들이 순식간에 이렇게 들고일어나는 모습을 본 인간들은 겁에 질려 거의 정신을 잃을 지경이었다. 잠시 후 그들은 동물들과 맞서기를 포기하고 걸음아 날 살려라 하며 곳간을 빠져나갔다. 일 분 남짓이 지난 후 다섯 명의 남자들이 수레를 타고 큰 도로 쪽으로 도망가는 모습이 보였다. 의기양양해진 동물들은 그들의 뒤를 쫓았다.

침실 창문을 통해 이 모든 것을 내다본 존스의 아내는 급히 몇 가지 소지품을 트렁크에 넣은 뒤, 옆길로 농장을 몰래 빠져나갔다. 모세가 횟대에서 튀어 올라 깍깍 소리치며 그녀를 뒤쫓았다. 그동안 동물들은 존스와 그의 일행을 도로 먼 밖으로까지 내쫓은 후, 다섯 개의 빗장이 달린 농장 정문을 굳게 닫아걸었다. 그리하여 자신들도 미처 깨닫지 못한 사이에 반란은 성공적으로 실행되었다. 존스네 일당은 축출되었고, 매이너 농장은 이제 동물들의 차지가 되었다.

처음 몇 분 동안 동물들은 그들에게 찾아온 행운을 거의 믿을 수 없었다. 그들이 제일 처음 한 행동은 함께 무리를 지어 농장 전역을 걸어 다니는 것이었다. 혹시라도 사람이 숨어 있지는 않은지 확

인하려는 모습 같았다. 그런 다음에 그들은 다시 농장 안쪽으로 가
더니 모든 농장 건물들에서 존스가 군림하던 시절의 흔적을 모조
리 없애버리기 시작했다. 마구간 끝에 있는 장비실의 문이 부서졌
고, 그곳에 있던 재갈들과 코뚜레들과 사슬들, 그리고 존스네 일당
이 돼지와 양을 거세할 때 사용하던 끔찍한 칼들도 모두 우물 속에
던져졌다. 고삐와 굴레와 눈가리개, 그리고 말의 목에 걸던 굴욕적
인 사료 망태도 모두 마당 중앙의 쓰레기 소각 불 안으로 던져져 불
타 없어졌다. 채찍들도 불 속에 던져졌다. 불똥을 튀기며 활활 타버
리는 채찍들을 보며 동물들은 좋아서 팔짝팔짝 뛰었다. 스노우볼이
리본 한 뭉치를 불 속에 던져 넣었다. 존스 일당은 장날이면 그 리
본들로 말의 갈기와 꼬리를 장식하여 시장에 데려가곤 했었다.

"리본은 일종의 의복으로 간주되어야 합니다." 스노우볼이 말했
다. "따라서 인간의 표식이라 할 수 있습니다. 어떤 동물도 의복을
걸쳐서는 안 됩니다."

이 말을 듣자마자 복서가 작은 밀짚모자 하나를 가져왔다. 귓가
에서 윙윙거리는 파리들을 막기 위해 여름마다 쓰던 모자였다. 그
는 모자를 불 속에 던졌다.

얼마 지나지 않아, 미스터 존스를 연상시키는 모든 것은 파괴되
어 사라졌다. 나폴레옹은 동물들을 곳간으로 데려가 그들에게 평소
의 두 배나 되는 옥수수를 나누어 주었다. 개들에게는 각각 두 개의
비스킷을 주었다. 밥을 먹고 난 다음, 동물들은 〈영국의 짐승들〉을

처음부터 끝까지 무려 일곱 번이나 부른 후 잠자리에 들었다. 전에 경험하지 못한, 꿀맛 같은 잠이었다.

다음 날에 동물들은 여느 때처럼 새벽에 눈을 떴다. 하지만 곧 전날 일어난 일을 기억해내고는 한달음에 방목장으로 달려갔다. 방목장 조금 아래쪽에 언덕이 하나 있었는데, 농장 전체를 한눈에 내려다볼 수 있는 곳이었다. 동물들은 언덕 꼭대기로 달려 올라가, 맑고 밝은 아침 햇살 속에서 자신들의 주변을 둘러보았다. 그랬다. 그곳은 그들의 것이었다. 그들 눈에 보이는 모든 것이 이제 그들의 것이었다! 그런 생각에 기분이 말할 수 없이 좋아진 동물들은 빙빙 돌면서 뛰어다녔고, 허공으로 펄쩍펄쩍 뛰어오르기를 계속했다. 이슬 머금은 풀밭 위를 뒹굴기도 했고, 달콤한 여름 잔디를 입안 가득 베어 먹기도 했으며, 발아래 시커먼 흙을 파헤치고는 그 진하고도 비옥한 냄새를 킁킁 맡아보기도 했다. 그러고 나서 그들은 농장 전체를 점검해보기로 했다. 경작지와 풀밭과 과수원과 저수지와 잡목숲 모두를, 그들은 경이에 가득 찬 눈으로 샅샅이 살펴보았다. 마치 이 모든 것들을 난생처음 보는 듯한 표정들이었다. 이 모든 것들이 자신들의 것이 되었다는 사실이 아직도 믿기지 않았다.

얼마 후 그들은 농장 건물들이 있는 곳으로 무리지어 돌아왔다. 그들은 존스 부부가 살던 저택의 문 앞에서 걸음을 멈췄다. 모두 침묵 속에서 그 저택을 바라보았다. 그 저택 역시 그들의 것이었다. 하지만 왠지 들어가기가 겁이 났다. 잠시 후 스노우볼과 나폴레옹이 어깨로 문을 밀어 열었다. 동물들은 한 줄로 서서 집 안으로 들어갔다. 혹시 실수로 물건을 건드려 깨뜨릴까 봐 발끝으로 살살, 극도로 조심하며 걸었다. 말할 때도 큰 소리를 내지 않고 소곤대기만 했다. 그들은 저택의 호화로움에 거의 넋을 잃었다. 깃털로 만든 매트리스를 깐 침대들, 자신의 모습이 보이는 신기한 거울들, 말의 털로 만든 소파, 브뤼셀 카펫, 거실 벽난로 위에 걸린 빅토리아 여왕의 석판화 등을 보며 감탄을 금치 못했다. 계단을 내려올 때쯤에야 그들은 몰리가 보이지 않는다는 것을 깨달았다. 온 길을 되돌아가 보니, 몰리는 저택에서 가장 근사한 침실에 홀로 남아 있었다. 그녀는 존스 부인의 화장대 위에 있던 푸른색 리본을 자신의 어깨에 대어보며 거울 속에 비친 자신의 모습을 황홀한 듯 바라보고 있었다. 참으로 바보 같은 모습이었다. 동물들은 몰리를 심하게 꾸짖은 뒤 밖으로 나갔다. 부엌 천장에 걸려 있던 햄은 땅속에 묻어버리기로 했다. 맥주가 담긴 커다란 통은 복서의 발굽 아래에서 산산이 부서졌다. 하지만 그 외의 물건들은 그대로 남겨두었다. 즉석 회의를 통해 그 저택을 박물관으로 삼아 보존하자는 결의가 만장일치로 통과되었다. 어떤 동물도 절대로 그 저택 안에서 거주할 수 없다는 결의도 역시 만장일치로 통과되었다.

동물들이 아침식사를 마치고 나자 스노우볼과 나폴레옹은 그들을 다시 소집했다.

"동지들!" 스노우볼이 말했다. "지금 시각은 오전 여섯 시 삼십 분입니다. 오늘 우리에겐 할 일이 아주 많습니다. 오늘부터 건초 베는 작업을 시작하기로 하겠습니다. 하지만 그 전에 먼저 해야 할 일이 있습니다."

돼지들은 자신들이 지난 석 달 동안 진행해왔던 비밀스런 작업에 대해 말했다. 그들은 미스터 존스의 아이들이 쓰고는 쓰레기 더미에 던져놓았던 낡은 철자 교본을 입수하여 글을 읽고 쓰는 법을 배웠다고 했다. 나폴레옹은 검은색과 흰색 페인트를 가져오게 한 뒤 동물들을 다섯 개의 빗장이 걸린 농장 정문으로 데려갔다. 큰 도로를 향해 난 문이었다. 그곳에 다다르자 스노우볼이(글 쓰는 데엔 스노우볼을 따를 동물이 없었다) 발의 두 굽 사이에 붓을 끼워 들어 올리더니 맨 위의 빗장에 쓰인 '매이너 농장'이라는 글씨를 페인트로 지워버렸다. 그런 후 '동물 농장'이라는 새 이름을 그 위에 덮어 썼다. 그것이 그 농장의 새 이름이었다. 동물들은 다시 농장 헛간으로 돌아갔다. 스노우볼과 나폴레옹은 사다리를 가져오도록 해서 헛간의 끝 벽에 사다리가 세워졌다. 두 돼지는 지난 석 달간 연구에 연구를 거듭한 끝에 동물주의의 일곱 가지 계명, 즉 '칠계명'을 정립했다고 설명하면서 이제 그 칠계명을 헛간 벽에 써넣을 것이라고 했다. 칠계명은 여하한 일이 있어도 절대 바뀔 수 없으며, 동물 농장에 거주하는 모든 동물들은 죽을 때까지 그 계명에 입각한 삶을 살아야 한다고 했다. 스노우볼이 어렵사리 사다리 위로 올라가 글씨를 쓰기 시작했다(돼지가 중심을 잃지 않고 사다리에 서 있기란 결코 쉽지 않다). 스퀼러는 사다리의 몇 칸 아래에서 페인트 통을 들고 서 있었다. 검게 칠해진 벽 위에 하얀 페인트로 칠계명이 모두 적혔다. 삼십 야드* 밖에서도 읽힐 수 있을 정도로 큰 글씨였다. 칠계명은 다음과 같았다.

칠계명

1. 두 다리로 걷는 것은 모두 적이다.
2. 네 다리로 걷거나 날개를 가진 것은 모두 친구다.
3. 어떤 동물도 의복을 걸쳐서는 안 된다.
4. 어떤 동물도 침대에서 잠을 자서는 안 된다.
5. 어떤 동물도 술을 마셔서는 안 된다.
6. 어떤 동물도 다른 동물을 죽여서는 안 된다.
7. 모든 동물은 평등하다.

칠계명은 깔끔하게 잘 써진 편이었다. 흠이 있다면 '친구friend' 가 '칭구freind'로 쓰인 것, 그리고 S자 하나가 뒤집혀 쓰인 것 정도였다. 나머지 철자는 모두 완벽했다. 글씨를 모르는 동물들을 위해 스노우볼이 칠계명을 큰 소리로 읽었다. 동물들은 전적으로 동의한

---

* 1야드는 약 0.9미터이다.(옮긴이)

다는 뜻에서 고개를 힘껏 끄덕였다. 개중 영리한 동물들은 벌써 칠 계명을 외우기 시작할 정도였다.

"자, 동지들." 스노우볼이 페인트 붓을 바닥으로 내던지며 큰 소리로 외쳤다. "다 함께 목초 밭으로 갑시다! 존스네 일당이 지배했던 시절보다 더 빨리 추수를 끝내어 우리의 위대함을 만천하에 보여줍시다."

하지만 바로 그때 세 마리 젖소들이 큰 소리로 음매음매 하고 울어댔다. 진작부터 뭔가 거북해 보였던 그들이었다. 사정인즉슨, 젖소들은 지난 스물네 시간 동안 젖을 짜지 못해 젖통이 거의 터지기 일보 직전이었다. 잠시 궁리한 끝에 돼지들은 양동이를 가져오게 하여 직접 젖소들의 우유를 짜기 시작했다. 우유는 제법 잘 짜졌다. 돼지들의 발이 우유 짜는 데 아주 제격이었다. 얼마 안 되어 양동이 다섯 개가 뽀얀 거품이 몽실몽실한 우유로 가득 찼다. 많은 동물들이 호기심 가득한 얼굴로 양동이 안을 들여다보았다.

"저 우유는 어떻게 되는 거지?" 누군가가 물었다.

"존스네는 이따금 우리 모이에 우유를 섞어주곤 했었는데." 암탉들 중 한 마리가 말했다.

"우유는 신경 쓰지 마십시오, 동지들!" 나폴레옹이 양동이들을 막아서며 소리쳤다. "이 우유는 잘 보관될 것입니다. 지금은 추수하는 일이 더 시급합니다. 스노우볼 동지가 지금 여러분들을 데리고 밭으로 갈 것입니다. 잠시 후 저도 그리로 가겠습니다. 동지들! 우리를 기다리고 있는 목초 밭으로 모두 전진!"

동물들은 그렇게 무리지어 목초 밭으로 가서 추수를 시작했다. 저녁에 헛간으로 돌아왔을 때 그 우유는 이미 어디론가 사라진 채 보이지 않았다.

제3장

목초를 거두어들이기 위해 동물들이 얼마나 열과 성을 다했던
가! 하지만 그들의 수고는 헛되지 않았다. 기대한 것보다 훨씬 더
많은 목초를 거두어들인 것이다.

때로는 난관에 부딪치기도 했다. 추수하는 데 사용하는 도구들은
동물이 아니라 인간을 위해 설계된 것들이었기 때문이다. 두 발로
서서 쟁기질을 할 수 있는 동물이 없다는 것은 큰 약점이었다. 그러
나 영리한 돼지들은 어려움에 봉착할 때마다 어떻게 해서든 헤치고
나아갈 방도를 강구해냈다. 말들은 들판 구석구석을 훤하게 꿰고
있었고, 목초를 베고 갈퀴질하는 일을 존스와 그의 일꾼들보다 더
잘 알고 있었다. 돼지들은 직접 노동하지는 않고 다른 동물들을 지

도하고 감독하는 일을 맡았다. 다른 어떤 동물보다 우월한 지식을 갖추고 있는 돼지들이 지도자 역할을 담당하는 것은 아주 자연스런 일이었다. 복서와 클로버는 써레*나 작두를 직접 자신들의 몸에 차고(물론 이제 고삐나 재갈은 필요 없었다) 터벅터벅 끊임없이 들판을 걸었다. 돼지들은 그 뒤를 걸으며 필요할 때마다 "오른쪽으로, 동지!"라고 소리치거나 "잠깐 멈추게, 동지!"라고 소리쳤다. 다른 동물들은 목초를 뒤집거나 한곳으로 모으는 일을 했다. 체구가 가장 작은 동물들도 노동에 참여했다. 오리들과 암탉들까지도 햇볕이 내리쪼이는 들판에서 온종일 종종거리며 목초 부스러기를 날랐다. 마침내 동물들은 존스가 지배했을 때보다 이틀이나 더 앞당겨 추수를 끝냈을 뿐만 아니라, 농장 역사상 가장 많은 목초를 수확할 수 있었다. 손실된 목초는 단 한 줌도 없었다. 암탉들과 오리들이 그들의 예리한 눈으로 최후의 한 오라기까지 모두 집어서 물어다 놓았기 때문이다. 물론 목초 한입 훔쳐 먹은 동물도 없었다.

여름 내내 농장 일은 시계태엽처럼 착착 빈틈없이 진행되었다. 도저히 가능할 것 같지 않았던 일이 현실로 이루어지자 동물들은 더없이 기뻤다. 자신들이 먹는 여물 한입 한입이 즐거움 그 자체였다. 진실로 그것은 그들 자신의 음식이었다. 농장 주인이 아까워서 벌벌 떨며 마지못해 주는 먹이가 아니라, 동물들이 자기 스스로를

---

* 갈아놓은 논의 바닥을 고르는 데 쓰는 농기구.(옮긴이)

위해 자기 스스로 생산해낸 음식이었다. 하등 쓸모없는 기생충 같은 인간들이 사라진 지금, 동물들은 그 어느 때보다 풍성한 먹거리를 가질 수 있었다. 더 많은 여가도 누릴 수 있었다. 그들에게 여가란 낯설기만 할 뿐이었지만 말이다. 어려움이 없었던 건 아니다. 예를 들면 이런 것이었다. 그해 가을 옥수수를 추수하고 나서, 그들은 아주 원시적인 방식으로 옥수수를 발로 짓이겨 밟은 뒤 입으로 불어서 일일이 껍질을 벗겨야 했다. 농장에 탈곡기가 없어서였다. 영리한 돼지들과 부지런하고 힘 좋은 복서 덕분에 동물들은 이런저런 어려움을 잘 헤쳐나갈 수 있었다. 복서는 모든 동물들에게서 칭송을 한 몸에 받았다. 그는 존스 치하에서도 늘 성실했지만, 지금은 더욱더 열심히 일했다. 혼자 힘으로 말 세 마리 역할을 톡톡히 해냈다. 농장 일 전체가 복서의 튼튼한 어깨에 달려 있을 때도 종종 있었다. 아침부터 저녁까지 그는 밀고 끌었다. 가장 힘든 일에는 늘 그가 있었다. 그는 수탉 한 마리에게 부탁하여 매일 아침 다른 동물들보다 삼십 분 일찍 자신을 깨우도록 했다. 다른 동물들이 하루 일과를 시작하기 전에, 제일 힘든 일을 자기가 먼저 끝내두고자 해서였다. 일이 난관에 부딪치거나 실패할 때마다 그는 늘 이렇게 말했다. "난 더 열심히 일할 거야!" 이 말은 그의 좌우명이기도 했다.

그 외의 동물들은 자신이 가진 역량에 따라 일했다. 예컨대 암탉들과 오리들은 여기저기 흩어진 낟알들을 주워 모아 다섯 자루나 되는 옥수수를 구해냈다. 아무도 도둑질하지 않았고, 아무도 주어진 먹이에 대해 불평하지 않았다. 존스 치하에선 말다툼과 몸싸움과 질투가 끊이지 않았지만, 이제 더 이상 그런 모습은 보이지 않았다. 꾀를 부리는 동물도 없었다. 아니, 거의 없었다고 해야 옳을 것이다. 몰리 때문이다. 그녀는 아침에 일찍 일어나는 걸 몹시 귀찮아했고, 발굽에 돌이 박혔다는 핑계로 먼저 숙소로 돌아가곤 했다. 고양이의 행동도 약간 수상쩍었다. 일거리가 있을 때마다 왠지 고양이는 눈에 띄지 않았다. 그녀는 일손이 필요할 땐 홀연히 사라졌다가 식사 시간이나 일이 모두 끝난 저녁 시간에 아무렇지도 않은 듯다시 나타났다. 하지만 그녀의 핑계는 늘 그럴 듯했고, 애교를 듬뿍 담아 가르랑거렸기 때문에 아무도 그녀의 행동을 고까워하지 않았다. 늙은 당나귀 벤저민은 반란 이후에도 그리 변한 것이 없었다. 존스 시절에 그러했던 것처럼 여전히 느릿느릿, 아주 고집스럽게 자신의 일을 했다. 꾀를 부리지는 않았지만 그렇다고 일을 더 하는 법도 없었다. 반란에 대해서나 그 결과에 대해서나 그는 한 번도 자신의 의견을 피력한 적이 없었다. 존스 일당이 사라지고 난 뒤 더 행복해졌느냐고 누군가가 물을 때마다 그는 늘 이렇게 대답했다. "당나귀는 명이 긴 법이지. 자네들 중에서 죽은 당나귀를 본 이는 아무도 없을 게야." 다른 동물들은 그저 이 아리송한 대답에 만족해야 했다.

일요일엔 일을 하지 않았다. 평소보다 한 시간 늦게 아침식사를 했고, 식사가 끝나면 기념식을 열었다. 한 주도 빠짐없이 그랬다. 제일 먼저 깃발 게양식이 있었다. 마구 창고에서 존스 부인이 쓰던 초록색 테이블보를 발견한 스노우볼이 그 위에 흰 페인트로 발굽과 뿔을 그려 넣어 만든 깃발이었다. 매주 일요일 아침마다 이 깃발은 농장 저택 앞의 깃대에 게양되었다. 초록색은 영국의 푸르른 들녘을, 발굽과 뿔은 미래의 동물 공화국을 상징한다고 스노우볼은 설명했다. 동물 공화국은 지구상에서 인간이라는 종種이 완전히 타도되어 사라질 때 건설되는 것이라고 했다. 깃발 게양이 끝나면 모든 동물들은 회의를 하기 위해 가장 큰 헛간으로 행진했다. 그 회의는 '총회'라고 명명되었다. 총회에서는 다음 한 주의 작업 계획이 결정되었고, 여러 가지 안건이 제기되고 논의되었다. 안건을 제기하는 것은 늘 돼지들이었다. 다른 동물들은 투표하는 법만 알 뿐이고 안건을 생각해내지는 못했다. 회의에서 가장 활발히 의견을 개진하는 동물은 스노우볼과 나폴레옹이었다. 하지만 그 두 돼지들은 의견 일치를 보는 경우가 결코 없었다. 둘 중 하나가 자신의 의견을 말하면, 다른 하나는 늘 그것에 반대했다. 어느 동물도 도저히 반대할 수 없었던 의견에 대해서도 그랬다. 예컨대 노동할 나이를 넘긴 동물들이 거처할 수 있도록 과수원 뒤편의 작은 방목장을 요양소로 만들자는 안건이 결의되었을 때조차, 각 동물들의 적절한 퇴직 연령이 몇 살이어야 하는가에 대해 격렬한 논쟁이 오갔다. 총회는 항상 〈영국의 짐승들〉을 합창하는 것으로 끝났다. 그 후 오후 시간은 오락 시간이었다.

돼지들은 마구 창고를 본부 사무실이라 이름 붙이고는 자신들이 사용했다. 매일 저녁, 그들은 이곳에 모여 농장 저택에 있었던 책을 보며 대장장이 일이라든가 목공 일을 비롯한 여러 가지 필요한 기술을 익혔다. 스노우볼은 다른 동물들을 조직하여 각종 '동물 위원회'를 만드는 일에 주력했다. 그는 지칠 줄 모르며 이 일에 전념했다. 암탉들을 위해서는 '달걀 생산 위원회'를, 젖소들을 위해서는 '청결 꼬리 연맹'을 조직했다. 쥐들과 토끼들을 길들이기 위한 목적으로 '야생 동지 재교육 위원회'도 만들었다. 양들을 위한 '더 하얀 양모 운동'도 고안해냈다. 그 외에도 많은 조직들이 더 생겼다. 읽고 쓰기를 배울 학급도 마련되었다. 그러나 이 모든 계획들은 대체로 실패했다. 예를 들면, 야생동물을 길들이려는 시도는 시작과 동시에 와해되었다. 야생동물들의 태도는 전혀 달라지지 않았고, 그들을 친절과 아량으로 대하려 할 때마다 그것을 이용해 먹으려고만 했다. 이 재교육 위원회에 들어간 고양이는 처음 며칠 동안은 꽤 적극적으로 위원회의 가르침을 따랐다. 그러던 어느 날, 그녀가 지붕 위에 앉아 있는 참새들에게 꽤 가까이 다가가 말을 거는 모습이 포착되었다. 그녀는 참새들에게 이제 모든 동물들은 동지이며, 따라서 참새들이 자기 발에 올라앉아도 절대로 잡아먹지 않겠노라고 꼬드겼다. 하지만 참새들은 그 말에 속아 넘어가지 않았다.

읽고 쓰기 학급은 꽤 성공적이었다. 가을로 접어들 무렵까지 거의 모든 동물들이 어느 정도 글을 깨치게 되었다.

돼지들은 이미 완벽하게 읽고 쓸 줄 알았다. 개들의 경우, 읽기 실력은 꽤 괜찮았지만 글을 읽는 것 자체에 도무지 흥미를 붙이지 못했다. 그저 칠계명만 읽는 것으로 만족해했다. 개들보다 조금 더 잘 읽는 염소 뮤리엘은 저녁이면 쓰레기 더미에서 찾은 신문 스크랩을 가져다가 다른 동물들에게 읽어주곤 했다. 벤저민은 사실 돼지들만큼이나 글을 잘 읽었지만 절대로 그 능력을 내비치지 않았다. 읽을 만한 글이 없다고 그는 말했다. 클로버는 알파벳을 모두 배웠지만 철자들을 조합해서 읽는 방법을 도저히 습득하지 못했다. 복서는 알파벳 D 이상은 나아가지 못했다. 그는 자신의 큼직한 발굽을 이용해 땅바닥에 A, B, C, D까지 적고 나서, 두 귀를 한껏 뒤로 젖힌 채 그 철자들을 뚫어져라 바라보았다. 그리고 이따금 앞갈기를 세차게 흔들며 그다음에 어떤 철자가 오는지 기억해내려 무진 애를 썼다. 하지만 헛수고일 뿐이었다. 용케 E, F, G, H까지 익힌 적도 몇 번 있기 했다. 그러나 그땐 이미 앞서 배운 A, B, C, D를 몽땅 잊어버린 뒤였다. 결국 그는 맨 처음 네 철자를 아는 것으로 만족하자고 다짐하고는, 잊어버리지 않기 위해 매일 그 네 철자를 하루에 한두 번씩 써보았다. 몰리는 자기 이름을 쓰는 데 필요한 철자 여섯 개(Mollie) 외에는 배우지 않겠다고 고집했다. 그녀는 나뭇가지 여러 개를 꺾어 땅 위에 자기 이름대로 철자를 만든 뒤 꽃 한두 송이를 놓아서 장식했다. 그러곤 감탄에 젖은 표정으로 그것을 바라보며 그 주변을 타박타박 맴돌며 걸었다.

그 외의 다른 동물들은 알파벳 A 이상을 나아가지 못했다. 뿐만 아니라 양, 닭, 오리 등과 같이 유난히 머리가 나쁜 동물들은 칠계명조차 도저히 외우지 못했다. 스노우볼은 한참을 궁리한 끝에 칠계명을 단 하나의 구호로 효과적으로 압축할 수 있다고 선언했다. '네 다리는 좋고, 두 다리는 나쁘다'라는 구호였다. 그는 이 구호가 동물주의의 핵심 원리를 담고 있다고 말했다. 이 구호를 철저히 따르는 동물은 절대로 인간의 그릇된 영향을 받지 않으리라는 것이었다. 새들은 처음엔 이 구호에 반대했다. 자기들도 두 다리를 가진 축에 속한다고 생각했기 때문이다. 스노우볼은 그건 사실이 아니라고 새들을 설득했다.

"새의 날개에 대해 말하자면, 동지들!" 그가 말했다. "그것은 조정기관이 아니라 추진기관입니다. 따라서 손이 아니라 다리로 간주되어야 합니다. 인간의 가장 큰 특징은 바로 손입니다. 인간의 모든 악행은 바로 손을 통해 행해집니다."

새들은 스노우볼의 긴 설명을 이해하진 못했지만, 어쨌든 그의 설명을 받아들이기로 했다. 이렇게 해서 머리가 나쁜 동물들은 새로운 구호를 외우기 시작했다. '네 다리는 좋고, 두 다리는 나쁘다'라는 글귀가 헛간의 끝 벽, 칠계명이 쓰인 곳 바로 위에, 그리고 칠계명보다 더 큰 글씨로 새로이 쓰였다. 양들은 새 구호를 곧 외우게 되었고, 또 그것을 아주 좋아했다. 그들은 들판에 누워 휴식을 취할 때면 다 함께 매애매애 하며 "네 다리는 좋고, 두 다리는 나쁘다! 네 다리는 좋고, 두 다리는 나쁘다!"를 연신 외쳤다. 때로는 몇 시간씩 지치지도 않고 그것을 외쳤다.

나폴레옹은 스노우볼이 만든 각종 위원회에 눈곱만큼도 관심이 없었다. 그는 이미 다 자란 동물들을 위해 이런저런 일을 하는 것보다는 어린 것들을 가르치는 일이 훨씬 더 중요하다고 말했다. 나폴레옹이 그 말을 한 것은, 추수가 끝나고 얼마 후 제시와 블루벨이 아홉 마리나 되는 튼실한 강아지를 낳았을 때였다. 젖을 떼기가 무섭게 나폴레옹은 강아지들을 어미 품에서 떼어냈다. 그리고 이제부터 강아지들의 교육은 자신이 직접 담당하겠노라 말했다. 그는 사다리를 타야 올라갈 수 있는 마구 창고의 다락방으로 강아지들을 데려간 뒤 그들을 나머지 동물들과 철저히 격리시켜 키웠다. 얼마 되지 않아 동물들 대다수는 강아지들의 존재조차 잊고 말았다.

우유가 매일매일 어디로 사라지는지에 대한 수수께끼는 곧 풀렸다. 우유는 하루도 빠짐없이 돼지들의 먹이에 섞여졌다. 조생 사과들이 익어가기 시작했고, 과수원에는 바람에 떨어진 사과들이 여기저기 널려 있었다. 동물들은 당연히 그 사과들이 평등하게 나뉠 것이라 생각했다. 그러나 어느 날, 바람으로 인해 저절로 떨어진 사과들은 모두 수거되어 돼지들이 먹을 수 있도록 마구 창고로 옮겨져야 한다는 안건이 제기되었다. 몇몇 동물들이 투덜댔지만 소용없었다. 돼지들은 모두 찬성했다. 심지어 스노우볼과 나폴레옹조차 이 안건에 대해서는 의견 일치를 보였다. 다른 동물들에게 그럴듯한 설명을 할 임무는 스퀼러가 맡았다.

"동지들!" 스퀼러가 소리쳤다. "설마 여러분들은 돼지들이 이기심과 특권 의식에 젖어서 이런 결정을 내렸다고 생각하지는 않으시겠죠? 사실 우리 돼지들 중 상당수는 우유나 사과를 싫어합니다. 저 자신도 우유나 사과를 좋아하지 않습니다. 그런 걸 먹는 이유는 오로지 건강을 지키기 위해서입니다. 과학적으로 밝혀진 바에 따르면, 우유와 사과에는 돼지들의 건강에 절대적으로 필요한 영양분이 들어 있다고 합니다. 우리 돼지들은 두뇌 노동자들입니다. 이 농장을 관리하고 조직하는 일은 전적으로 우리 돼지들에게 달려 있습니다. 밤낮으로 우리 돼지들은 여러분의 복지를 염려하며, 또 그것을 향상시키려 노력하고 있습니다. 우리가 저 우유를 마시고 저 사과를 먹는 것은 결국 여러분들을 위해서입니다. 우리 돼지들이 제 역할을 변변히 하지 못하면 과연 무슨 일이 발생할지 아십니까? 존스 일당이 돌아옵니다! 그렇습니다, 존스 일당이 돌아옵니다! 그렇게 되는 겁니다, 동지들!" 스퀼러는 거의 애걸복걸하듯 목청을 높였다. 말하는 동안 좌우로 깡충깡충 뛰어다녔고 꼬리를 획획 빠르게 휘둘렀다. "혹시라도 여러분 중에 존스가 되돌아오길 바라는 동지는 없겠죠?"

이제 동물들이 완전히 확신하는 것이 딱 하나 있다면, 그것은 바로 존스가 돌아오는 것을 원하지 않는다는 사실이었다. 그 사실을 다시 한 번 떠올리자 동물들은 더 이상 할 말이 없었다. 돼지들의 건강을 유지하는 것이 왜 그토록 중요한지가 너무나도 분명해졌다. 그리하여 우유와 바람에 떨어진 사과(나중에 익어서 정식으로 추수될 사과의 상당량 역시)는 오직 돼지들 몫이어야 한다는 안건은 더 이상의 논쟁 없이 통과되었다.

제4장

여름이 끝날 무렵, 동물 농장에서 벌어지고 있는 상황은 이미 영국 전 국토의 절반 정도까지 알려지게 되었다. 스노우볼과 나폴레옹은 비둘기들을 매일매일 날려 보냈다. 비둘기들의 임무는 이웃 농장들로 가서 그곳 동물들과 어울리며 그들에게 '반란'에 대해 이야기해주고 〈영국의 짐승들〉을 가르쳐주는 것이었다.

농장에서 쫓겨난 이후, 미스터 존스는 윌링던의 레드 라이온 술집에 앉아 대부분의 시간을 보냈다. 그리고 그곳에서 만나는 모든 사람에게 자신의 억울한 사정을 토로했다. 아무짝에도 쓸모없는 한 떼거리의 동물들에게 자신의 전 재산을 빼앗겼으니, 이렇게 천부당 만부당하고 기가 막힌 일이 어디 있겠느냐는 내용이었다. 많은 농장주들이 미스터 존스의 처지를 동정했지만 그에게 어떤 식으로든 도움을 줄 생각은 하지 않았다. 그들은 존스의 불행이 어쩌면 자신들에게 이익을 가져다줄지도 모른다고 마음속으로 생각했다. 동물 농장과 인접한 곳에는 또 다른 농장 두 곳이 있었다. 다행히도 두 농장 주인들은 오래전부터 서로 앙숙이었다. 하나는 폭스우드 농장으로서, 규모가 아주 크지만 관리가 잘되지 않은 구닥다리 농장이었다. 풀이 무성하고 나무들이 지나치게 우거져 있는 데다 목초지엔 풀이 거의 없었다. 농장의 생울타리도 무너지기 일보 직전이었다. 농장주인 미스터 필킹턴은 무사태평한 성격의 소유자로서 거의 모든 시간을, 계절에 따라 낚시나 사냥으로 보냈다. 핀치필드 농장은 폭스우드 농장보다 규모가 작지만 관리는 더 잘되고 있었다. 농장주인 미스터 프레더릭은 억척스럽고도 교활한 사람으로서 끊임없이 소송에 연루되어 있었는데, 자신에게 유리한 거래를 하는 데 능수능란하다고 정평이 나 있었다. 미스터 필킹턴과 미스터 프레더릭은 서로를 너무도 싫어했기 때문에 어떤 일에 합의를 본다는 것은 거의 불가능했다. 명백히 자신들에게 이익이 되는 사안에서조차 의견 일치를 보지 못할 정도였다.

하지만 그 두 사람은 동물 농장에서 발생한 반란에 대해 깊은 두려움을 느꼈고, 자신들이 소유한 농장의 동물들이 그것에 대해 너무 많이 알게 될까 봐 전전긍긍했다. 그들은 처음에는 동물들이 농장을 직접 관리한다는 말을 그저 비웃으며 넘겼다. 기껏해야 보름도 못 가서 끝나버릴 일이라고 큰소리쳤다. 매이너 농장(두 사람은 그 농장을 절대로 '동물 농장'이라고 부르지 않았다. 그 이름을 입에 올리는 것조차 참기 어려웠기 때문이다)의 동물들은 끊임없이 서로 싸울 것이고, 금세 굶어 죽을 것이라 장담했다. 시간이 흘러도 동물들이 굶어 죽지 않자, 프레더릭과 필킹턴은 다른 식으로 말을 바꿨다. 동물 농장에서 말도 못할 정도로 끔찍한 일들이 횡행하고 있다고 떠벌리기 시작했다. 동물들이 동족끼리 잡아먹는다는 둥, 불에 달군 말편자로 서로를 고문한다는 둥, 수컷들이 암컷들을 돌려가며 취한다는 둥 하는 말들이었다. 자연의 법칙을 거슬러 반란을 꾀하면 바로 이런 일이 벌어지는 것이라고, 프레더릭과 필킹턴은 힘주어 말했다.

　그러나 모든 이가 이런 악담을 고스란히 믿은 건 아니었다. 인간들이 쫓겨나고 동물들이 주체적으로 관리하는 농장에 대한 근사한 소문이, 물론 아주 막연하고 왜곡된 내용이었지만 끊임없이 세간에 나돌았다. 그해 내내 반란과 저항의 파도가 농촌을 휩쓸었다. 온순하던 황소들이 돌연히 야수처럼 변하는가 하면, 양들이 생울타리를 부수고 넘어가 토끼풀을 싹쓸이하다시피 먹어치우기도 했다. 젖소들이 우유가 가득 든 양동이를 발로 차버리는 일도 심심치 않게 일어났다. 사냥 말들은 울타리 뛰어넘기를 거부했을 뿐만 아니라, 자신의 등에 탄 사람을 울타리 건너편으로 내동댕이치기까지 했다. 무엇보다도 〈영국의 짐승들〉의 곡조와 가사가 널리 알려지게 되었다.

그 노래는 무서운 속도로 퍼져 나갔다. 그 노래를 들을 때마다 인간들은 분노가 끓어올랐지만, 겉으로는 그저 우스꽝스럽다고 생각하는 척했다. 인간들은 동물들이 어쩌다가 그런 한심하기 짝이 없는 쓰레기 같은 노래를 부르는지 이해할 수 없다고 했다. 그 노래를 부르다가 들킨 동물은 그 자리에서 흠씬 매질을 당했다. 하지만 동물들은 계속해서 그 노래를 불렀다. 부르고 싶은 욕망을 억누를 수 없을 정도였다. 찌르레기들은 생울타리에 앉아서, 비둘기들은 느릅나무에 앉아서 그 노래를 불렀다. 그 소리는 대장간의 쇳소리와 교회의 종소리를 압도했다. 인간들은 그 노래를 들을 때마다 몰래 부들부들 떨었다. 조만간 인간의 종말이 다가올 것을 예언하는 노래인 듯했기 때문이다.

10월 초의 어느 날이었다. 어느덧 들판에는 수확된 옥수수 낟가리가 솟아 있었고, 일부는 이미 타작까지 되었다. 비둘기 한 떼가 빙글빙글 돌며 날아오더니 동물 농장의 앞뜰에 내려앉았다. 몹시 흥분한 모습이었다. 존스와 그의 수하들이 빗장 다섯 개가 걸린 정문 안으로 들어왔다. 폭스우드와 핀치필드 농장에서 온 대여섯 명의 남자들도 함께 들어왔다. 그들은 수레가 다니는 길을 따라 농장 안쪽으로 걸어 들어갔다. 존스를 제외한 모든 사람들은 손에 몽둥이를 들고 있었다. 몽둥이 대신에 총을 든 존스는 다른 사람들보다 여러 걸음 앞서 보무당당히 농장 중앙으로 향했다. 농장을 재탈환하려는 것이 분명했다.

인간들이 이렇게 쳐들어오리라는 것은 오래전부터 예상했었다. 이 순간을 위해 만반의 준비도 갖춘 상태였다. 스노우볼이 농장 저택에서 발견한 책 중에는 율리우스 카이사르의 《군사론》도 있었다. 그는 그 책을 이미 완전히 독파한 터였다. 따라서 방어 작전의 책임은 스노우볼이 맡았다. 그는 재빨리 명령을 내렸고, 불과 일이 분 안에 모든 동물이 전투태세를 갖췄다.

인간들이 농장 건물로 거의 접근하는 순간, 스노우볼이 첫 번째 공격을 지시했다. 서른다섯 마리나 되는 비둘기들이 일제히 인간들의 머리 위로 날아오르더니 그들을 겨냥해 똥을 싸대기 시작했다. 인간들이 똥을 피하느라 허둥대는 동안 생울타리 뒤에 숨어 있던 거위들이 달려 나와 인간들의 종아리를 사정없이 쪼아댔다. 하지만 이 정도는 인간들의 정신을 살짝 어지럽히려는 맛보기 공격에 불과했다. 인간들은 몽둥이를 휘젓는 것만으로도 거위 정도는 쉽게 물리쳤다. 스노우볼은 두 번째 공격 신호를 보냈다. 뮤리엘과 벤저민, 그리고 양들 전부가 앞으로 돌진했다. 스노우볼이 그들의 선두에 섰다. 그들은 인간들을 사방에서 찌르고 머리로 받았다. 벤저민은 몸을 이리저리 돌려 움직이며 작은 발굽으로 그들을 사정없이 후려 쳤다. 그러나 이번에도 역시 몽둥이를 휘두르거나 징 박은 부츠로 걷어차는 인간들을 당해내기가 어려웠다. 갑자기 스노우볼이 꽥 하고 소리쳤다. 퇴각하라는 신호였다. 동물들은 일제히 뒤돌아서 마당 안으로 달려갔다.

인간들은 승리의 환호성을 질렀다. 적들이 도망친다고 생각한 인간들은 대열을 흐트러트린 채 동물들의 뒤를 쫓았다. 스노우볼이 노린 것이 바로 이것이었다. 인간들이 모두 마당 안으로 들어오자마자, 외양간에서 몸을 숨기고 있던 세 마리 말과 세 마리 젖소와 나머지 돼지들이 뒤편에서 한꺼번에 나타나 인간들의 퇴로를 막았다. 스노우볼이 공격 신호를 보냈다. 그리고 자신이 직접 존스를 향해 달려갔다. 스노우볼이 자신에게 다가오는 것을 본 존스는 총을 들어 발사했다. 총알은 스노우볼의 등을 스치며 붉고 기다란 상처를 남긴 뒤, 양 한 마리의 목숨을 앗아갔다. 단 한 순간의 머뭇거림도 없이 스노우볼은 존스에게 자신의 온몸을 내던졌다. 존스는 산처럼 쌓인 거름 더미에 나가떨어졌고, 그의 총은 멀찌감치 내동댕이쳐졌다. 하지만 가장 무시무시한 모습을 보여준 것은 바로 복서였다. 그는 두 뒷다리를 힘껏 위로 들어 올리더니 편자를 박은 발굽을 가차 없이 아래로 내리쳤다. 폭스우드 농장의 마구간지기 젊은이 하나가 복서의 첫 가격을 받아 쓰러졌다. 머리통을 맞은 그는 인사불성이 된 채 진흙 더미에 처박혔다. 그 모습을 본 몇몇 인간들은 몽둥이를 내팽개치며 줄행랑을 쳤다. 공포심이 그들을 덮쳤다. 그 순간, 동물들이 일제히 모이더니 달아나는 인간들을 뒤쫓아 마당을 돌고 또 돌았다. 인간들은 뿔로 떠받히고, 발로 차이고, 사정없이 짓밟혔다. 농장의 모든 동물들이, 단 한 마리도 빠짐없이 각자 자신의 주 무기를 이용해서 인간들에게 복수했다. 심지어 지붕에 앉아 있던 고양이까지도 어느 카우보이의 어깨로 뛰어 내려와 발톱을 목에 박았다. 남자의 비명소리가 처절하기 짝이 없었다. 도망갈 틈이 생겼다 싶은 순간, 인간들은 이때다 하며 무서운 속도로 큰길을 향해 도망쳤다. 이렇게 해서 농장에 들이닥친 지 단 오 분도 되지 않아, 인간들은 왔던 길로 다시 돌아갔다. 치욕스런 퇴각이었다. 거위들은 도망치는 인간들의 장딴지를 물어뜯으며 그들을 끝까지 쫓았다.

한 명만 빼고 모든 인간들이 농장에서 도망쳤다. 마당에서는 복서가 폭스우드 마구간지기 젊은이를 발굽으로 이리저리 건드리고 있었다. 진흙 더미에 얼굴이 처박힌 그를 뒤집어놓기 위해서였다. 젊은이는 꼼짝달싹하지 않았다.

"죽었어요." 복서가 비통해하며 말했다. "죽일 생각은 없었어요. 제가 쇠로 된 편자를 차고 있다는 걸 깜빡했을 뿐이에요. 일부러 죽이지 않았다는 걸 세상이 믿어줄까요?"

"감상에 빠져서는 안 되네, 동지!" 스노우볼이 외쳤다. 그의 상처에선 아직도 피가 뚝뚝 떨어지고 있었다. "전쟁은 전쟁이라네. 이 세상에 좋은 인간이 있다면, 그건 바로 죽은 인간이야."

"목숨을 앗아갈 생각은 없었어요. 비록 인간의 목숨이더라도 말이죠." 복서가 거듭 말했다. 그의 눈에는 눈물이 가득 고여 있었다.

"그런데 몰리는 어디 있지?" 누군가가 큰 소리로 말했다.

정말로 몰리가 보이지 않았다. 순간적으로 엄청난 긴장이 감돌았다. 인간들이 어떤 식으로든 몰리를 해쳤거나 그녀를 잡아간 건 아닐까 하는 공포심이 밀려들었다. 하지만 그들은 곧 몰리를 찾아냈다. 그녀는 자신의 우리에서 여물통 속 건초 더미 안에 머리를 파묻은 채 숨어 있었다. 그녀는 존스가 총을 발사하자마자 자기 우리로 도망친 것이었다. 동물들이 다시 마당으로 나왔을 때는, 죽은 줄로만 알았던 폭스우드 마구간지기 젊은이가 어느새 정신을 차리고 도망간 뒤였다. 그는 그저 잠시 기절했던 것뿐이었다.

승리감에 한껏 도취된 동물들은 다시 모여서는 그날의 전투에서 각자 자신이 어떻게 싸웠는지에 대해 자신이 낼 수 있는 가장 큰 목소리로 자랑스럽게 이야기했다. 즉석에서 승리를 축하하는 행사가 행해졌다. 깃발을 게양하고 〈영국의 짐승들〉을 합창했다. 그러고는 전투 중에 죽은 양을 위해 엄숙한 장례식도 치렀다. 양의 무덤에는 산사나무 한 그루를 심었다. 무덤가에서 스노우볼이 짧은 연설을 했다. 그는 모든 동물들이 동물 농장을 위해 죽을 각오가 되어 있어야 한다는 것을 특히 강조했다.

동물들은 군사훈장을 만드는 데 만장일치로 합의했다. 스노우볼과 복서에게 '동물영웅 최고훈장'이 수여되었다. 훈장은 놋쇠로 된 메달로서(사실은 마구 창고에 굴러다니던 말 장신구들이다) 일요일이나 공휴일에 착용하도록 했다. 죽은 양에게는 '동물영웅 이등훈장'이 수여되었다.

그날의 전투를 뭐라고 부를 것인지 한참을 설왕설래한 끝에 '외양간 전투'라 이름 붙이기로 결정했다. 동물들이 매복 작전을 감행했던 곳이 바로 외양간이었기 때문이다. 존스의 총은 진흙 더미 속에서 발견되었다. 농장 저택에 탄약통이 여러 개 있다고도 했다. 깃대 발치에 마치 대포처럼 그 총을 놓아두고 일 년에 두 번, 즉 '외양간 전투' 기념일인 10월 12일과 '반란' 기념일인 6월 24일에 그것을 쏘는 의식을 거행하기로 결정했다.

제5장

　겨울로 접어들면서 몰리는 점점 더 골칫덩어리가 되어갔다. 그녀는 매일 아침 일터에 늦게 왔고, 어쩌다 보니 늦잠을 잤다는 핑계를 대거나 이상하게 아프다고 불평했다. 하지만 식욕은 여전히 왕성했다. 그녀는 틈만 나면 어떤 구실이라도 찾아서 일터에서 도망친 뒤 우물이 있는 곳으로 갔다. 그곳에서 우물에 비친 자신의 모습을 바보처럼 물끄러미 바라보며 하염없이 서 있곤 했다. 하지만 그건 약과였다. 몰리에 대해 더 흉흉한 소문이 나돌기 시작했다. 어느 날 몰리는 긴 꼬리를 살랑살랑 흔들고 건초를 씹으며 마당을 태평스럽게 걷고 있었다. 클로버가 그녀 옆에 다가섰다.
　"몰리." 그녀가 말했다. "너한테 심각하게 할 말이 있어. 오늘 아침 네가 생울타리 너머로 폭스우드 농장을 바라다보는 걸 봤어. 우리 동물 농장과 폭스우드 농장 사이를 가르는 그 울타리 너머로 말이야. 미스터 필킹턴의 일꾼 하나가 그 생울타리 바로 건너편에 서있더라. 그리고…… 물론 난 꽤 멀리 떨어져 있긴 했지만 똑똑히 봤어. 그가 너와 이야기 나누는 걸 봤다고. 게다가 그가 네 코를 쓰다듬는데도 너는 가만히 있었어. 왜 그런 거지, 몰리?"

"아냐! 그러지 않았어. 사실이 아냐!" 몰리가 소리 지르더니 껑충거리며 땅을 마구 차기 시작했다.

"몰리! 내 얼굴을 똑바로 봐. 그 남자가 네 코를 쓰다듬지 않았다고 맹세할 수 있어?"

"그건 사실이 아냐!" 몰리는 계속 우겼다. 그러나 그녀는 클로버의 얼굴을 똑바로 보지는 못했다. 그리고 다음 순간, 몰리는 뒤돌아서 들판 쪽으로 달려갔다.

클로버에게 불현듯 어떤 생각이 떠올랐다. 그녀는 다른 동물들에겐 아무 말도 하지 않은 채 몰리의 우리로 가서 바닥에 깔린 지푸라기 여기저기를 발로 뒤집어보았다. 지푸라기 아래에는 각설탕 한 무더기와 갖가지 색깔의 리본이 숨겨져 있었다.

사흘 후 몰리는 홀연히 사라졌다. 그녀가 어디로 갔는지 아무도 알 수 없었다. 그러던 몇 주 후 윌링던 읍내 어딘가에서 그녀를 보았다고 비둘기들이 말했다. 그들의 전언에 따르면, 몰리는 빨간색과 검은색으로 칠해진 근사한 이륜마차의 끌대를 찬 채 어느 선술

집 앞에 서 있었다. 체크무늬 반바지를 입고 각반을 찬, 뚱뚱하고 얼굴이 불그죽죽한 남자 하나가 몰리의 코를 쓰다듬으며 설탕을 먹이고 있었다. 아마도 술집 주인이었을 것이다. 몰리는 털이 말쑥하게 다듬어졌고, 앞 갈기에 주홍색 리본을 달고 있었다. 비둘기들은 몰리의 기분이 꽤 좋아 보였다고 말했다. 그날 이후 어떤 동물도 다시는 몰리의 이름을 입에 담지 않았다.

1월이 되었다. 날씨는 혹독하리만치 차가웠다. 땅이 쇳덩이처럼 꽁꽁 얼어붙은 탓에 들판에서 할 수 있는 일은 아무것도 없었다. 농장 헛간에서는 수많은 회의가 열렸다. 돼지들은 봄철 노동 계획을 짜는 일을 도맡았다. 동물들 중 가장 영리한 것은 누가 봐도 돼지임이 분명했기 때문에, 사실상 농장의 모든 정책은 돼지들이 결정하게 되었다. 그들이 결정을 내리면 다수결 투표에 의해 최종 비준되는 식이었지만 말이다. 스노우볼과 나폴레옹 사이에 알력만 없었다면 이 방식은 꽤 순조로웠을 것이다. 두 돼지는 사사건건 집요하게 의견 차이를 보였다. 둘 중 하나가 보리를 더 많이 심자고 하면, 다른 하나는 귀리를 더 심자고 우겼다. 하나가 이러이러한 밭은 양배추 경작에 적합하다고 하면, 다른 하나는 그 땅은 뿌리채소류 외에는 어떤 채소에도 맞지 않는다고 반박했다. 각자의 추종자들도 있어서 때때로 회의는 무서울 정도로 격렬하게 전개되기도 했다. 총회에서는 항상 스노우볼이 승리했다. 탁월한 언변에 힘입어 다수표를 얻었기 때문이다. 하지만 나폴레옹은 틈틈이 동물들을 개별 방문하며 지지를 끌어내는 데 유능했다. 특히 양들을 자신의 편으로 만드는 데 탁월한 성공을 거두었다. 최근 들어 양들은 "네 다리는 좋고, 두 다리는 나쁘다"를 시도 때도 없이 외치고 다녔다. 총회 중간에도 불쑥불쑥 그 구호를 외치는 바람에 회의가 중단되는 일이 비일비재했다. 스노우볼이 중요한 연설을 할 때면 더욱더 빈번히 구호를 외침으로써 그의 말을 끊기 일쑤였다. 스노우볼은 최근 농장 저택에서 발견한《농부와 목축업자》라는 잡지의 지난 호들을 열심히 탐독했다. 그리하여 농장 경영을 개선하기 위한 여러 가지 참신한 아이디어를 고안해냈다. 그는 논밭에 배수 시설을 만드는 것이라든가, 건초를 저장하는 방법이라든가, 거름 만드는 것에 대해 꽤 전문적으로 이야기했다. 모든 동물들이 밭에서 직접 대소변을 보되, 매일매일 장소를 바꾸어가며 보도록 아주 정교한 계획을 수립했다. 그렇게 하면 별도로 거름을 수송하는 수고를 덜 수 있다고 했다. 나폴레옹은 결코 계획을 짜는 법이 없었으며, 그저 스노우볼의 계획들은 무용지물이 될 것이 뻔하다는 말만 조용히 하고 다녔다. 자신의 때가 오기만을 기다리는 모습 같았다. 그러나 두 돼지들 간의 숱한 의견 충돌 중에서 풍차 건설을 둘러싸고 일어난 충돌만큼 심각했던 것은 없었다.

농장 건물에서 그리 멀지 않은 긴 목초지에는 자그마한 언덕이 하나 있었다. 농장에서 가장 높은 곳은 바로 그 언덕이었다. 언덕의 지형을 꼼꼼히 살펴본 후 스노우볼은 그곳이 풍차를 건설하는 데

최적의 장소라고 선언했다. 풍차를 건설하면 발전기를 돌려 농장에 전기를 공급할 수 있고, 그렇게 되면 동물들의 축사에 불을 밝힐 수 있을 뿐만 아니라 겨울에는 난방도 할 수 있을 것이라고 했다. 회전톱과 볏짚 자르는 기계, 사탕무 써는 기계, 전기 착유 기계도 사용할 수 있다고 했다. 다른 동물들은 이런 기계들에 대해 들어본 적조차 없었다(그 농장은 아주 구식 농장이어서 가장 원시적인 기계들만 있을 뿐이었다). 동물들은 스노우볼이 이 환상적인 기계들에 대해 생생하게 설명하는 것을 놀라워하면서 들었다. 동물들이 그저 유유자적 들판에서 풀을 뜯거나 독서와 대화를 하면서 마음을 살찌울 동안 그 기계들이 그들 대신에 모든 노동을 맡아서 해준다는 것이었다.

몇 주 후에 드디어 스노우볼의 풍차 건설 계획안이 완성되었다. 기계에 대한 세부적인 사항의 대부분은 미스터 존스가 소장하고 있던 세 권의 책에서 배운 것으로서, 책 제목은《집 짓는 데 유용한 천 가지 재료들》《누구나 벽돌을 쌓을 수 있다》《초보자를 위한 전기학》 등이었다. 스노우볼은 과거에 부화실로 사용되었던 작은 광을 연구실로 사용하고 있었다. 바닥이 매끄러운 나무로 되어 있어서 설계도를 그리기엔 안성맞춤이었다. 그는 그곳에 한번 들어가면 몇 시간이고 나올 줄을 몰랐다. 책을 펼쳐 돌멩이로 고정시켜놓고, 앞발의 발톱 사이로 분필을 꽉 쥐고는 빠른 동작으로 이리저리 움직이며 선을 그어댔다. 흥분에 겨워 나지막이 끽끽대는 소리가 입에서 흘러나왔다. 설계도가 서서히 모습을 잡아가기 시작했다. 수많은 크랭크들과 톱니바퀴들이 복잡하게 얽혀 있는 그림이 마룻바닥의 반 이상을 뒤덮었다. 다른 동물들은 비록 그 설계도를 도저히 이해하진 못했지만 깊은 감동을 받기는 했다. 그들은 최소한 하루에 한 번은 스노우볼의 연구실에 들러 그 설계도를 구경하곤 했다. 심지어 암탉들과 오리들도 방문했는데, 분필로 그린 그림을 밟지 않기 위해 아주 조심해야 했다. 스노우볼의 연구실을 방문하지 않은 건 오직 나폴레옹뿐이었다. 그러던 어느 날 나폴레옹은 예고도 없이 연구실에 모습을 나타냈다. 그는 쿵쿵거리며 광 안을 천천히 돌면서 풍차 설계도를 면밀히 들여다보았다. 아주 세세한 부분까지 꼼꼼히 관찰했다. 한 부분 한 부분 살필 때마다 코로 킁킁 냄새를 맡았고, 눈을 가늘게 뜬 채 그것들을 한참씩 응시했다. 그러고는 갑자기 다리를 들어 설계도 위에 오줌을 갈기고는 말 한마디 없이 나가 버렸다.

풍차 건설 계획을 둘러싸고 동물들의 의견은 크게 갈렸다. 풍차 건설은 아주 힘든 작업이라는 것을 스노우볼도 부정하지는 않았다. 돌을 캐내어 기둥을 쌓아야 했고, 풍차의 날개도 만들어야 했다. 그 다음엔 발전기와 각종 전선도 필요했다. (스노우볼은 어떻게 이런 것들을 얻을지에 대해선 말하지 않았다.) 하지만 이 모든 것이 일 년 안에 끝날 수 있다고 그는 장담했다. 그러고 나면 동물들은 더 이상 힘든 노동을 하지 않아도 되며, 기껏해야 일주일에 사흘 정도만 일해도 족할 것이라고 단언했다. 나폴레옹의 주장은 완전히 달랐다.

그는 지금 가장 필요한 것은 식량 생산을 늘리는 것이며, 풍차 따위를 짓는 일에 시간을 낭비하면 그들은 모두 굶어 죽게 될 것이라 우겼다. 동물들은 두 파로 나뉘었다. 한 파는 '스노우볼에 투표하여 주 사흘 노동을'이라는 구호를, 다른 한 파는 '나폴레옹에 투표하여 여물통을 가득히'라는 구호를 내걸었다. 벤저민은 둘 중 어느 쪽 편도 들지 않은 유일한 동물이었다. 그는 식량이 더 늘어날 것이라는 것도, 풍차가 동물들의 노동을 덜어주리라는 것도 믿지 않았다. 풍차가 있든 없든 삶이란 늘 거기서 거기인 법이라고, 즉 늘 고달플 뿐이라고 그는 말했다.

풍차에 대한 논쟁 외에도 농장을 어떻게 방어할 것인가도 중요한 현안이었다. 비록 '외양간 전투'에서 동물들이 승리를 거두긴 했지만, 인간들이 농장을 재탈환하고 미스터 존스를 우두머리로 앉히기 위해 그 어느 때보다 더 결연하게 싸움을 준비하고 있으리라는 것이 충분히 예상되었다. 동물들과의 전투에서 패배했다는 소문이 전국 방방곡곡에 파다하게 퍼졌을 뿐만 아니라, 그 소문을 들은 이웃 농장의 동물들이 전보다 더 반항적으로 행동하고 있었기 때문에, 인간들은 더더욱 가만히 있을 수 없을 것이었다. 늘 그런 것처럼 이 문제에 있어서도 역시 스노우볼과 나폴레옹은 의견을 달리했다. 나폴레옹은 동물들이 다량의 무기를 구하고 그 사용법을 배우는 것이 시급하다고 했다. 스노우볼은 더 많은 비둘기들을 파견하여 다른 농장의 동물들이 반란을 일으키게끔 선동하도록 해야 한다고 말했다. 나폴레옹은 동물들이 스스로를 방어하지 못하면 정복당하는 것은 시간문제라 했고, 스노우볼은 전국의 동물들이 다 같이 반란을 일으켜 성공하면 그 후엔 스스로를 방어할 필요가 없어질 것이라 했다. 나폴레옹이 먼저 말을 했고, 스노우볼은 그다음에 말을 했다. 동물들은 궁극적으로 어느 의견이 옳은지 결정할 수가 없었다. 나폴레옹이 말할 땐 나폴레옹의 말이 그럴 듯하게 들렸고, 스노우볼이 말할 땐 또 스노우볼의 말이 그럴 듯하게 들렸다.

그러던 어느 날 마침내 스노우볼의 풍차 설계도가 완성되었다. 그 주 일요일에 소집된 총회에서는 풍차 건설을 실행에 옮길지 말지를 결정하기 위한 투표가 진행될 예정이었다. 동물들이 다 모이자 스노우볼이 자리에서 일어섰다. 중간에 양들이 매애매애 소리를 내는 바람에 말이 끊기긴 했지만, 스노우볼은 왜 풍차 건설이 필요한가에 대해 다시 한 번 설명했다. 그다음엔 나폴레옹이 일어서서 반론을 폈다. 그는 아주 작은 목소리로 풍차 건설은 당치 않은 일이며 아무도 풍차 건설에 찬성하지 않기를 바란다고 말한 뒤 즉시 자리에 앉았다. 삼십 초도 채 되지 않아 발언을 끝낸 것이다. 자신이 하는 말에 대한 반응에 일말의 관심조차 없어 보였다. 그 순간 스노우볼이 다시 자리를 박차고 일어났다. 다시 매애거리려는 양들을 향해 조용히 하라고 고함친 뒤, 스노우볼은 풍차 건설의 중요성에 대해 또 한 번 열정적으로 호소했다. 그 직전까지 풍차에 대한 동물들의 의견은 정확히 반반으로 나뉘어 있었다. 그러나 스노우볼의 기막히도록 멋진 웅변은 삽시간에 대다수 동물들을 사로잡았다. 그는 거칠고 힘든 노동이 사라진 이후의 동물 농장 풍경을 유려하기 짝이 없는 언어로 묘사했다. 그의 상상력은 볏짚 자르는 기계라든가 순무 써는 기계 따위를 훨씬 뛰어넘는 수준이었다. 전기가 있으면 탈곡도 쟁기질도 써레질도 모두 기계로 할 수 있다고 했다. 땅을 고르고 곡식을 수확하고 묶는 일 역시 기계가 다 할 것이며, 동물들의 거처마다 전깃불과 냉온수와 전기난로가 공급될 것이라 했다. 스노우볼이 발언을 끝낼 무렵이 되자, 투표 결과가 어떨는지는 너무도 분명해 보였다. 바로 그때 나폴레옹이 일어나더니 예사롭지 않은 표정으로 스노우볼을 삐딱하게 바라보며 꽥꽥 소리 지르기 시작했다. 그가 그런 식으로 소리 지르는 모습을 보인 건 처음이었다. 그 순간 바깥에서 소름 끼칠 정도로 무시무시한 으르렁 소리가 들리더니, 놋쇠로 된 징이 박힌 목줄을 찬 거대한 개 아홉 마리가 헛간 안으로 들어왔다. 개들은 곧장 스노우볼을 향해 달려들었다. 스노우볼은 재빨리 몸을 움직여서 개들에게 물리기 직전에 자리를 벗어났다. 헛간 밖으로 달아나는 스노우볼을 개들이 필사적으로 뒤쫓았다. 놀라움과 두려움에 휩싸인 동물들은 그 광경을 보기 위해 헛간 문 쪽으로 모여들었다. 스노우볼은 길쭉한 목초지 건너 도로 쪽으로 달리고 또 달렸다. 혼신을 다해 달렸지만 돼지가 제아무리 빨리 달린들 한계는 뻔했기에 개들은 거의 스노우볼을 따라잡았다. 갑자기 스노우볼이 발을 헛디뎠고, 꼼짝없이 개들한테 잡힐 듯했다.

그러나 그는 다시 몸을 일으켜 전보다 더 빨리 달렸다. 개들은 또다시 그의 뒤를 바싹 쫓았다. 그중 한 마리가 스노우볼의 꼬리를 덥석 물려는 찰나, 스노우볼은 때맞춰 꼬리를 휙 몸 쪽으로 가져갔다. 개들이 불과 몇 센티미터 차이가 날 때까지 따라붙은 순간, 스노우볼은 마지막 힘을 다하여 생울타리에 난 구멍으로 빠져나갔다. 그리고 더 이상 보이지 않았다.

잔뜩 겁을 집어먹은 동물들은 아무 말 없이 다시 헛간 중앙으로 살금살금 기어들어왔다. 개들도 곧 돌아왔다. 저 험악하기 짝이 없는 짐승들이 도대체 어디에서 갑자기 나타난 건지, 처음엔 그저 의아할 뿐이었다. 그러나 의문은 곧 풀렸다. 그 개들은 태어나자마자 나폴레옹이 어미에게서 떼어내 직접 키운 바로 그 강아지들이었다. 아직 완전히 자라지는 않았지만 덩치가 아주 큰 개들이었고, 늑대만큼이나 사납고 험상궂었다. 개들은 줄곧 나폴레옹 옆에서 자리를 지켰다. 다른 개들이 존스에게 그랬던 것처럼, 이 개들도 나폴레옹에게 똑같이 꼬리를 흔들었다.

등 뒤로 개 아홉 마리를 거느린 나폴레옹이 헛간 한쪽 끝의 둔덕에 올라섰다. 예전에 올드 메이저가 자리를 잡고 연설한 바로 그곳이었다. 나폴레옹은 이제부터 일요일 아침에 열리던 '총회'는 폐지된다고 선언했다. 그는 총회는 불필요하며 시간 낭비일 뿐이라고 말했다. 앞으로 농장 일과 관련된 모든 문제는 돼지들로 구성된 특별위원회가 관장할 것이며, 자신이 그 위원회의 의장을 맡을 것이라

했다. 특별 위원회의 회의는 비공개로 진행될 것이고 그곳에서 결정된 사항만 추후에 다른 동물들에게 공개될 것이라 했다. 총회는 폐지되지만 동물들은 계속해서 일요일 아침에 모여 깃발에 경례하고 〈영국의 짐승들〉을 합창한 뒤 그 주의 노동에 대한 지시를 받을 것이나, 어떤 토론도 허용되지는 않을 것이라 했다.

스노우볼이 축출된 것만으로도 이미 엄청난 충격을 받은 동물들은 이 말까지 듣게 되자 이만저만 경악한 게 아니었다. 적절한 논거만 찾을 수 있었다면 몇몇 동물들은 당장이라도 앞장서서 항의했을 것이다. 복서조차 뭔가 개운치 않다고 느낄 정도였다. 복서는 귀를 뒤로 쫑긋 가져가더니 앞 갈기를 몇 차례 좌우로 흔들며 생각을 정리해보려 애썼다. 하지만 결국 아무런 할 말도 생각해내지 못했다. 그래도 몇몇 돼지들은 훨씬 나았다. 앞줄에 있던 네 마리의 젊은 비육돈들은 방금 나폴레옹이 말한 것에 반대한다는 표시로 높고도 날카로운 목청으로 끽끽 소리를 질렀다. 그러고는 자리에서 벌떡 일어나 한꺼번에 말을 토해내려 했다. 그 순간 나폴레옹을 에워싸고 앉아 있던 개들이 갑자기 몹시 낮고도 위협적인 소리로 으르렁댔다. 돼지들은 일제히 입을 다물더니 조용히 자리에 앉았다. 그러자 양들이 엄청나게 큰 목소리로 "네 다리는 좋고, 두 다리는 나쁘다!"를 연창하기 시작했다. 그 외침은 십오 분가량 계속되었고, 때문에 그 어떤 의견도 더 이상 개진되지 않았다.

얼마 후 스퀄러는 축사를 일일이 돌면서 다른 동물들에게 새로운 합의 사항들에 대해 설명했다.

"동지들." 그가 말했다. "저는 여러분 모두 나폴레옹 동지가 얼마나 많은 수고를 하고 계시는지 알 것이라 믿습니다. 동지들, 지도자로서 일하는 것은 결코 즐거운 일이 아닙니다! 오히려 그 반대입니다. 그것은 아주 엄중하고 무거운 책임을 져야 하는 일입니다. 모든 동물이 평등하다는 것을 나폴레옹 동지만큼 굳게 믿는 동물은 없습니다. 모든 결정을 여러분 스스로 내릴 수 있다면 나폴레옹 동지도 더없이 행복할 것입니다. 하지만 동지들, 만일 여러분들이 그릇된 결정을 내린다면 우리는 어떻게 되겠습니까? 여러분이 스노우볼을 지지했다면, 풍차니 뭐니 하는 허튼소리에 여러분들이 넘어갔다면, 과연 어땠겠습니까? 여러분도 알다시피 스노우볼은 범죄자와 다름없지 않습니까?"

"그는 '외양간 전투'에서 참으로 용감하게 싸웠습니다." 누군가가 말했다.

"용기만으로는 충분하지 않습니다." 스퀼러가 말했다. "더욱 중요한 것은 충성과 복종입니다. '외양간 전투'에 대해 말씀드리자면, 그 전투에서 스노우볼이 보여준 활약상이 지나치게 과장되었다는 사실이 언젠가 꼭 밝혀질 날이 오리라 믿습니다. 기강을 잡아야 합니다, 동지들. 강철 같은 기강 말입니다! 이것이 오늘의 모토입니다. 한발이라도 잘못 내디디면 적은 우리의 덜미를 잡게 됩니다. 바로 그겁니다, 동지들. 여러분은 존스가 다시 돌아오기를 원합니까?"

역시나, 도저히 반박할 수 없는 논지였다. 동물들은 결코 존스가 돌아오기를 원치 않았다. 일요일마다 회의를 열어 이런저런 토론을 하는 것이 존스를 되돌아오게 만드는 행위라면, 그런 토론은 중단되어야 한다. 그동안 생각할 시간을 조금 가질 수 있었던 복서가 다른 모든 동물의 의사를 대변하는 말을 했다. "나폴레옹 동지가 그렇게 말씀하신다면, 당연히 그 말이 옳을 겁니다." 그리하여 복서에겐 '난 더 열심히 일할 거야'라는 좌우명 외에 '나폴레옹은 언제나 옳다'라는 또 하나의 좌우명이 생겼다.

그즈음 어느새 추위가 누그러지고 봄의 쟁기질이 시작되었다. 스노우볼이 축출된 후, 그가 풍차를 설계할 때 이용하던 광은 굳게 문이 잠겼다. 동물들은 마룻바닥에 그려진 풍차 설계도가 이미 다 지워졌을 거라고 생각했다. 매주 일요일 오전 열 시, 동물들은 헛간에 모여 그 주에 수행할 작업에 대한 지시를 받았다. 과수원에 묻혔던 올드 메이저의 시신이 파헤쳐졌고, 해골 상태로 깃발 게양대 아래에 미스터 존스의 총과 나란히 놓였다. 깃발 게양식이 끝나고 헛간으로 들어가기 전에, 동물들은 일렬종대로 그 해골을 지나가며 경의를 표해야 했다. 이제 동물들은 예전처럼 다 함께 섞여 앉지 않았다. 연단처럼 솟아오른 둔덕 한가운데에 나폴레옹이 앉았다. 그의 양옆에는 스퀼러와 미니머스가 앉았다. 미니머스는 작사와 작곡에 놀라운 재능을 가진 돼지였다. 아홉 마리의 젊은 개들이 반원 형태로 그 세 돼지를 에워쌌고, 다른 돼지들은 그 뒤에 앉았다. 나머지 동물들은 헛간 중앙에서 그 돼지들을 바라보며 앉았다. 나폴레옹이 거칠고 우락부락한 군인 스타일로 작업 지시를 읽고 나면 동물들은 〈영국의 짐승들〉을 합창한 뒤 제각각 흩어졌다.

스노우볼이 쫓겨난 지 삼 주째 되던 어느 일요일, 동물들은 눈이 휘둥그레지도록 놀랐다. 나폴레옹이 풍차를 건설하겠노라 발표했기 때문이다. 그는 왜 마음을 바꾸었는지에 대해 한마디 설명도 하지 않았다. 풍차를 건설하기 위해 막대한 양의 추가 노동이 투입될 것이라는 경고만 했을 뿐이었다. 그뿐만 아니라 식량 배급도 줄어들 것이라고 했다. 하지만 풍차 설계는 이미 처음부터 끝까지 완벽히 준비된 상태라고 했다. 지난 삼 주 동안 돼지들로 구성된 특별위원회가 그 작업을 했다는 것이다. 풍차 건설과 여러 가지 관련 사업이 완성되기까지는 약 이 년이 소요될 것으로 예상되었다.

그날 저녁, 또다시 사적으로 동물들을 만난 스퀼러는 나폴레옹이 풍차를 반대한 적이 없다고 말했다. 오히려 그는 풍차 계획을 처음부터 열렬히 지지했으며, 스노우볼이 부화실 광 바닥에 그린 설계도도 사실은 나폴레옹이 미리 종이에 그려놓은 것을 베낀 것에 불과하다고 했다. 풍차는 원래 나폴레옹의 아이디어였다는 것이다. 그렇다면 왜 나폴레옹이 풍차 건설에 그토록 반대한 것이냐고 누군가가 물었다. 그러자 스퀼러는 교활한 표정을 지어 보이며, 그것이 바로 나폴레옹 동지의 절묘한 작전이라고 했다. 위험한 데다가 다른 동물들에게 부정적인 영향만 끼치는 스노우볼을 제거하기 위해서, 나폴레옹은 스노우볼의 풍차 계획에 그저 반대하는 '척'했을 뿐이라는 것이다. 이제 스노우볼이 사라졌으니 풍차 건설은 아무런 방해 없이 진행될 수 있다고 했다. 이런 것을 두고 전술이라고 부른다고 했다. 스퀼러는 그 말을 아주 여러 번 반복했다. "전술이라고요, 동지들, 전술이요!" 이 말을 하며 그는 폴짝폴짝 뛰고, 꼬리를 탁탁 털며, 즐거운 듯 깔깔댔다. 동물들은 그 말뜻을 잘 이해하지 못했지만 더 이상 질문하지 않고 스퀼러의 설명을 받아들였다. 스퀼러의 설득력 있는 말주변과, 위협하듯 으르렁거리며 그를 호위하는 세 마리 개들 때문이었다.

제6장

그해 내내 동물들은 노예처럼 일했다. 하지만 그들은 행복했다. 부당하게 수고한다거나 희생한다는 생각은 하지 않았다. 그들이 그토록 일하는 것은 한 줌의 유한계급이나 도둑 같은 인간들을 위해서가 아니라 결국 그들 자신을 위한 것임을, 그리고 그들의 자자손손을 위한 것임을 잘 알고 있었기 때문이다.

봄과 여름 내내 그들은 주당 육십 시간씩 일했다. 8월이 되자 나폴레옹은 일요일 오후에도 일해야 한다고 말했다. 일요일 노동은 순전히 자발적인 선택에 맡기겠지만, 거부하는 동물들에겐 식량 배급을 반으로 줄일 것이라고 했다. 그렇게까지 했는데도 여전히 일손은 부족했다. 꼭 필요한 작업이 진행되지 않는 경우가 빈번했다.

전해에 비해 식량 수확도 줄어들었다. 초여름에 밭 두 필지에서 근채류를 파종했어야 했는데 하지 못한 것이 화근이었다. 쟁기질을 제때에 끝내지 못한 탓이었다. 식량이 충분치 못하니 아주 힘든 겨울을 맞게 될 것이 분명했다.

풍차 건설 과정에서도 예상하지 못한 어려움이 속출했다. 농장에는 석회암이 아주 많았고, 농장 별채에서 다량의 모래와 시멘트도 찾아냈다. 풍차를 짓는 데 필요한 재료들은 다 갖춘 셈이었다. 동물들이 처음 봉착한 문제는 과연 어떻게 그 큰 석회암 덩어리를 적당한 크기의 돌 조각으로 깨뜨릴 수 있는가였다. 곡괭이나 쇠지레를 사용하는 방법밖에는 없을 텐데, 동물들은 두 발로 서지 못하기 때문에 그런 도구를 이용할 수 없었다. 이런저런 헛수고만 하며 몇 주를 보낸 후에 누군가가 괜찮은 아이디어를 냈다. 중력을 이용하자는 것이었다. 커다랗고 둥글둥글한 돌덩어리들이 석회암 채석지 여기저기에 널려 있었지만 너무 커서 사용할 수 없었다. 동물들은 돌 가장자리에 밧줄을 묶고, 모두 힘을 합해 그 밧줄을 잡아당겼다. 소와 양은 물론이거니와 밧줄을 잡을 수 있는 동물이라면 누구나 힘을 합했다. 아주 중요한 순간에는 돼지들까지도 힘을 보탰다. 채석지 위쪽 언덕 꼭대기까지 낑낑대며 끌고 올라간 뒤 굴려 떨어뜨리면, 돌은 산산조각이 났다. 잘게 조각난 돌을 옮기는 것은 비교적 쉬운 일이었다. 돌을 수레에 실어 나르는 일은 말들이 맡았다. 양들은 한 개씩 질질 끌어 옮겼다. 뮤리엘과 벤저민도 낡은 이륜 경마차에 자신들의 몸을 묶어 돌을 날랐다. 여름이 막바지로 접어들 무렵에 돌은 충분히 확보되었다. 돼지들의 감독 아래 드디어 풍차 건설이 시작되었다.

그것은 실로 더디고 힘든 과정이었다. 큰 돌덩이 하나를 채석장 언덕 꼭대기까지 끌어올리는 데 하루가 꼬박 걸리는 경우가 잦았다. 굴려 떨어뜨린 돌이 제대로 부서지지 않는 경우도 종종 있었다. 복서가 아니었다면 아무 일도 하지 못했을 것이다. 복서는 다른 모든 동물들을 합친 것만큼이나 힘이 좋았다. 돌덩어리를 끌어올리다가 자칫 그것이 미끄러지기라도 하면 동물들도 함께 굴러떨어질 위험이 컸다. 그럴 때면 여기저기서 비명이 터져 나오곤 했다. 그때마다 복서는 온 힘을 모아 밧줄을 바싹 잡아당겨 돌을 멈추게 했다. 그가 한발 한발 힘들여 언덕을 오르내리는 모습을 보며, 그의 숨이 가빠지고 그의 발굽이 땅을 할퀴는 모습을 보며, 그의 육중한 양 옆구리가 땀으로 흥건해지는 모습을 보며, 모든 동물들은 감탄해 마지않았다. 클로버는 복서에게 너무 과로하지 말라고 여러 차례 충고했다. 하지만 복서는 그녀의 말을 절대 귀담아듣지 않았다. 어떤 어려움이 닥쳐도 그의 두 좌우명, 즉 '난 더 열심히 일할 거야'와 '나폴레옹은 언제나 옳다'는 그에게 충분한 해답이 되어주었다. 그는 젊은 수탉 한 마리에게 부탁하여 남들보다 사십오 분 먼저 자기를 깨우도록 했다. 전에는 삼십 분 먼저 깨우도록 했었다. 어쩌다 남는 시간이 있을 때면, 물론 시간이 남는 경우는 흔치 않았지만, 복서는 채석지로 가서 부서진 돌을 모아 풍차 짓는 장소까지 날랐다. 누구의 도움 없이 혼자서 그 일을 했다.

여름 동안 식량 사정은 그리 나쁘지 않았다. 존스 시절보다 먹을 게 더 많지는 않았지만 더 적지도 않았다. 다섯 명의 방탕한 인간들을 먹여 살릴 필요 없이 식량을 온전히 동물들 자신들만을 위해 소비하는 것만으로도 충분히 보람을 느꼈다. 게다가 동물들이 일하는 방식이 여러 가지 면에서 더 효율적이었고, 더 노동 절약적이기도 했다. 예컨대 잡초 뽑는 일은 인간들이 도저히 따라올 수 없을 정도로 완벽하게 수행될 수 있었다. 도둑질하는 동물이 없었으므로 목초지와 농토 사이에 생울타리를 세울 필요도 없었다. 울타리가 없으니 그것을 유지하고 보수하는 데 들어가는 노동도 절약되었다. 그럼에도 불구하고, 여름이 막바지에 이를 무렵부터 예상치 못한 여러 가지 물자 부족 상황이 피부로 느껴지기 시작했다. 파라핀 오일, 못, 끈, 개 비스킷, 말굽용 쇠 등이 필요했지만 이것들은 농장에서 생산될 수 없었다. 좀 더 시간이 지나자 파종할 씨앗이라든가 인공 비료도 바닥이 났다. 각종 도구는 물론이거니와 무엇보다도 풍차 건설에 필요한 기계도 필요했다. 이런 물품들을 어떻게 구할지 아무도 생각해낼 수 없었다.

어느 일요일 아침, 여느 때처럼 동물들은 지시를 듣기 위해 헛간에 모였다. 나폴레옹은 새로운 정책 한 가지를 수립했다고 발표했다. 앞으로 동물 농장은 이웃 농장들과 물자를 거래할 것이라고 했다. 물론 상업적 이익이 아니라 시급히 필요한 특정 물자들을 얻기 위해서라고 했다. 그는, 풍차 건설은 다른 어떤 작업보다 중요하기 때문에 우선 건초 한 무더기와 올해 수확한 밀의 일부분을 팔 예정이며, 나중에 돈이 더 필요할 경우에는 달걀을 팔아야 할지도 모른다고 했다. 윌링던 시장에 가져가면 달걀은 얼마든지 팔릴 것이며, 암탉들은 풍차를 건설하는 데 자신들이 특별히 치러야 할 희생을 기꺼운 마음으로 받아들여야 할 것이라고 강조했다.

다시 한 번, 동물들은 뭔가 석연치 않은 느낌을 떨칠 수가 없었다. 존스를 추방하고 난 후 처음 연 총회에서 인간들과는 어떤 관계도 맺지 않을 것이며, 어떤 거래도 하지 않을 것이고, 어떤 상황에서도 돈을 사용하지 않을 것이라는 결의 사항이 통과되지 않았던가. 동물들 모두 그날의 그 결의 사항을 기억하고 있었다. 나폴레옹이 총회를 폐지한다고 했을 때 이의를 제기했던 네 마리 돼지들이 이번에도 역시 이의를 제기했다. 하지만 그들의 목소리는 겁에 질려 있었고, 개들의 엄청난 으르렁 소리에 그마저도 금세 중단되었다. 언제나처럼 양들이 "네 다리는 좋고, 두 다리는 나쁘다!"를 외치자, 어색했던 분위기는 언제 그랬냐는 듯 평상시처럼 돌아갔다. 나폴레옹이 발을 들어 올려 좌중을 조용히 시키더니, 앞서 말한 모든 계획을 실행에 옮기기 위한 준비도 이미 모두 끝난 상태라고 선언했다. 그는 어떤 동물도 인간과 직접 접촉할 필요는 없을 것이며, 그래서도 안 된다고 했다. 필요한 모든 수고를 자신이 짊어지겠다는 것이었다. 윌링던에 사는 거간꾼인 미스터 윔퍼가 동물 농장과 바깥세상 사이의 중개 역할을 맡아주겠노라 약속했으며, 앞으로 매주 월요일마다 그가 농장을 찾아와 나폴레옹의 지시를 받을 것이라 했다. 나폴레옹은 늘 그러하듯 "동물 농장 만세!"라는 구호를 외치는 것으로 발언을 마무리했다. 그리고 〈영국의 짐승들〉을 합창한 후 동물들은 해산했다.

스퀼러는 또다시 농장 안을 구석구석 돌며 동물들을 구워삶았다. 그는 외부와의 물자 거래나 화폐 사용을 금지하는 결의는 통과된 적이 없으며, 심지어 제안된 적조차 없다고 말했다. 그런 생각은 순전히 헛된 상상에서 나온 것이고 아마도 반란 초기에 스노우볼이 퍼뜨린 각종 거짓말에서 비롯되었을 것이라 했다. 몇몇 동물들에게는 왠지 그 말이 미덥지 않았다. 그러자 스퀼러가 교활한 표정으로 그들에게 물었다. "이보시오 동지들, 그거 혹시 동지들이 내심 바라오던 희망 사항들인 것 아닙니까? 그런 결의 사항에 대한 공식적인 기록 같은 걸 본 적이라도 있습니까? 어딘가에 쓰여 있기라도 합디까?" 그런 결의 사항이 글로 적힌 것을 본 적이 없는 동물들은 결국 자신들이 착각한 게 분명하다고 생각하며 의심을 거두었다.

예정된 대로 미스터 윔퍼는 매주 월요일에 농장을 방문했다. 그는 키가 작고 구레나룻을 기른, 음흉하게 생긴 남자였다. 주로 영세 사업자들과 일하는 거간꾼이었지만 동물 농장이 조만간 중개업자를 필요로 할 것임을 그 누구보다도 빨리 간파한 인간이었다. 그는 동물 농장의 중개업자가 되면 수입 또한 짭짤하리라는 것도 익히 꿰뚫고 있었다. 동물들은 미스터 윔퍼가 농장을 들락거리는 모습을 불안한 마음으로 지켜보았다. 그리고 가능한 한 그를 피해 다녔다. 그렇지만 두 다리를 가진 윔퍼에게 네 다리를 가진 나폴레옹이 이런저런 지시를 내리는 모습을 보자 한없이 자랑스러웠다. 그것 하나만으로도 새로 실행되는 이 제도가 충분히 쓸 만하다고 생각했다. 인간이라는 종족과 동물들의 관계는 이제 예전과 같지 않게 되었다. 동물 농장이 잘 유지된다고 해서 인간들이 동물들을 덜 미워하는 것은 아니었다. 사실, 농장이 잘될수록 더욱더 미워하고 증오했다. 인간들은 농장이 머지않아 파산할 것이며 풍차 계획도 실패하리라는 것을 마치 종교적 신념처럼 굳게 믿고 있었다. 그들은 술집에 모여서 제각각 도표를 그려가며, 풍차는 무너질 수밖에 없다고 서로를 설득했다. 설사 무너지지는 않더라도 절대로 제대로 돌아가지 않을 것이라고 했다. 하지만 그들의 바람과는 달리, 동물들이 얼마나 효율적으로 농장을 운영하는지를 보며 내심 일말의 존경심도 싹트게 되었다. 그들이 농장을 '매이너 농장'이 아니라 '동물 농장'이라고 제대로 부르기 시작한 것이 그 한 증거였다. 인간들은 더 이상 존스를 옹호하지도 않았다. 존스는 농장 되찾기를 포기하고 다른 먼 지방으로 이사 간 지 오래였다. 동물 농장과 바깥세상의 접촉은 오직 윔퍼를 통해서만 이루어졌다. 그러나 나폴레옹이 조만간 폭스우드 농장의 미스터 필킹턴이나 핀치필드 농장의 미스터 프레더릭과 사업 관계를 맺을 것이라는 소문이 끊임없이 나돌았다. 그러나 둘 중 하나와 거래하되 두 사람과 동시에 거래하지는 않을 것이라고도 했다.

돼지들이 돌연히 농장 저택으로 거처를 옮긴 것은 바로 그 무렵이었다. 나머지 동물들은 또 한 번 과거의 어떤 결의 사항을 떠올렸고, 이번에도 역시 스퀼러가 나서서 그와 관련된 결의 사항은 애당초 존재하지 않았다고 설득했다. 돼지들은 농장의 두뇌 역할을 담당하기 때문에 좀 더 조용한 거처에서 지낼 필요가 있다고 역설했다. 또한 누추한 돼지우리보다는 저택에서 사는 것이 위대하신 '지도자'(최근 들어 스퀼러는 나폴레옹을 그렇게 부르기 시작했다)의 위엄을 더 살리는 길이라고도 했다. 그럼에도 불구하고, 돼지들이 인간의 주방에서 식사하고 거실을 휴게실로 사용할 뿐만 아니라 심지어 침대에서 잠자기까지 하는 모습을 보며 일부 동물들은 심기가 몹시 불편해졌다. 복서는 늘 그렇듯 "나폴레옹은 언제나 옳다!"라며 넘겨버렸다. 그러나 클로버는 침대에서의 취침을 금지한다고 결의했던 사실을 분명히 기억하고 있었다. 그녀는 헛간으로 가서 그곳 벽에 쓰인 칠계명을 다시 한 번 읽어보려 했다. 알파벳 하나하나는 읽을 수 있지만 단어는 이해할 수 없는 터라, 클로버는 뮤리엘을 불러왔다.

"뮤리엘." 클로버가 말했다. "네 번째 계명을 읽어줘. 절대로 침대에서 자면 안 된다고 쓰여 있지 않아?"

뮤리엘이 더듬더듬 알파벳을 소리 내어 읽어 내려갔다.

"어떤 동물도 침대에서 '시트를 깐 채' 잠을 자서는 안 된다고 쓰여 있네." 마침내 그녀가 알려주었다.

이상하기 짝이 없었다. 클로버는 네 번째 계명에서 시트에 대해 언급했었다는 사실이 기억나지 않았다. 하지만 헛간 벽엔 어쨌든 그렇게 쓰여 있었다. 아마도 자기가 잘못 알고 있었음이 분명했다. 때마침 그곳을 지나가던 스퀼러가 이 광경을 보았다. 개 몇 마리가 그를 호위하고 있었다. 그가 특유의 언변으로 상황을 정리했다.

"벌써 들었나 보군요, 동지들." 그가 말했다. "돼지들이 농장 저택의 침대에서 자기로 했다는 소식 말입니다. 그렇죠? 그게 뭐 어떻습니까? '침대'에 반대하는 모종의 규정이 있었다고 생각하는 건 아니겠죠? 침대가 뭐 그렇게 대수롭습니까? 그저 몸을 뉘어 잠자는 곳에 불과합니다. 마구간의 지푸라기를 깔아놓은 곳도 엄밀히 말하자면 침대입니다. 칠계명에서 강조하는 것은 바로 '시트'에 대한 반대입니다. 시트는 인간의 발명품이니까요. 우리는 농장 저택의 침대에서 시트를 몽땅 없애버렸습니다. 그 대신에 담요를 사용하고 있습니다. 저택의 침대들은 아주 안락하더군요. 그렇다고 필요 이상으로 안락한 건 아닙니다. 동지들, 제 말을 믿으십시오. 오늘날 우리 돼지들이 도맡아 하는 엄청난 정신노동을 생각해보십시오. 동지들은 우리들의 휴식을 빼앗고 싶은 건 아니겠죠? 존스가 돌아오기를 바라는 동지는 아무도 없겠죠?"

동물들은 존스가 되돌아오기를 절대로 바라지 않는다고 입을 모아 대답했다. 그리하여 돼지들이 농장 저택의 침대에서 잠을 자는 것에 대한 의문도 그렇게 끝이 났다. 며칠 후 돼지들은 다른 동물보다 한 시간 더 늦게 기상할 것이라는 발표가 있었다. 이 또한 아무도 이의를 제기하지 않았다.

가을이 왔다. 동물들은 녹초가 되었지만 그래도 행복했다. 참으로 힘든 한 해를 보냈다. 수확한 건초와 옥수수를 팔고 나자 남은 식량이라곤 간신히 겨울을 날 수 있을 정도였다. 하지만 풍차만 보면 그렇게 뿌듯할 수가 없었다. 풍차는 거의 절반쯤 완공된 상태였다. 추수가 끝난 후 청명한 날씨가 이어져서 동물들은 전보다 더 열심히 일했다. 풍차의 기둥을 한 뼘이라도 더 쌓아 올릴 수 있다면 돌무더기를 지고 온종일 언덕을 오르내리는 것도 더없이 보람 있는 일이라고 생각했다. 복서는 심지어 밤에도 나와 중추仲秋 대보름 달빛을 받으며 한두 시간씩 혼자서 일했다. 여가 시간이라도 생기면 동물들은 반쯤 시공된 풍차 주위를 맴돌며 그 쭉 뻗은 기세와 거대함에 경탄했다. 어떻게 자신들이 저런 웅장한 건축물을 지을 수 있는지 그저 놀라울 뿐이었다. 풍차에 대해 열광하지 않은 건 오직 늙은 벤저민뿐이었다. 당나귀들은 수명이 아주 길다는, 특유의 애매모호한 말만 중얼거릴 뿐이었다.

11월이 되자 남서풍이 거세게 몰아닥쳤다. 시멘트를 섞을 수 없을 정도로 날씨가 눅눅해서 풍차 건설은 중지되었다. 그러던 어느 날 밤, 강풍이 몰아닥치면서 농장 안 모든 건물들이 기둥째 흔들렸다. 헛간 지붕에선 기와도 여러 개 떨어져 나갔다. 갑자기 암탉들이 공포에 질린 목소리로 꼬꼬댁꼬꼬댁 소리를 질러댔다. 멀리서 마치 총이 발사되는 소리를 들은 듯한 꿈을 꾸고는 동시에 잠이 깬 것이다. 아침이 되어 축사를 나온 동물들은 깃발 게양대가 고꾸라져 있는 것을 발견했다. 과수원 입구에 서 있던 느릅나무 한 그루도 마치 무 뽑히듯 뿌리째 뽑혀 있었다. 그때였다. 모든 동물들의 목구멍에서 절망에 가득 찬 비명소리가 뿜어져 나왔다. 끔찍한 광경이 그들의 눈앞에 펼쳐져 있었다. 풍차가 허물어진 것이다.

동물들은 일제히 풍차로 달려갔다. 평소에 거의 뛰는 법이 없는 나폴레옹이 가장 먼저 그곳에 도착했다. 그랬다. 풍차는, 그들의 혹독한 노력의 결실은, 그렇게 땅바닥으로 폭삭 주저앉아 버렸다. 그들이 그토록 힘들여 부수고 옮겨 날랐던 돌들은 산지사방에 흩어져 있었다. 그들은 무슨 말을 해야 할지 몰라서 그저 떨어진 돌들만 멍하니 바라보았다. 나폴레옹은 침묵 속에서 이쪽저쪽으로 오가며 이따금 땅에 코를 대며 킁킁거렸다. 빳빳해진 그의 꼬리가 날카롭게 좌우로 찰싹찰싹 움직였다. 그가 뭔가를 골똘히 생각할 때 나타나는 버릇이었다. 생각이 다 정리되었다는 듯, 갑자기 그가 걸음을 멈췄다.

"동지들." 그가 나지막이 말했다. "누가 이 짓을 했는지 짐작이 가십니까? 간밤에 이곳에 잠입해서 풍차를 무너뜨린 그 원수가 누군지 아십니까? 바로 스노우볼입니다!" 이 대목에 이르러 나폴레옹의 목소리는 갑자기 천둥처럼 변했다.

"스노우볼이 이 짓을 저질렀습니다! 자신을 축출한 것에 대해 보복하기 위해, 악의로 똘똘 뭉친 그가 우리의 계획을 이렇게 망쳐놓은 것입니다. 그 배신자가 밤을 틈타 이곳에 기어들어와서 거의 일년 동안 우리가 쏟아부은 피와 땀의 결실을 파괴해버렸습니다. 동지 여러분, 지금 여기에서 제가 스노우볼에게 사형을 언도합니다. 정의의 심판대로 그자를 처단하는 동지에게는 '동물영웅 이등훈장'을 수여하고 사과 반 부셸*을 부상으로 드릴 것입니다. 스노우볼을 산 채로 잡아오는 동지에게는 사과 한 부셸을 드릴 것입니다!"

스노우볼이 이런 짓까지 할 수 있는 악당이라는 걸 알게 된 동물들은 그저 망연자실할 뿐이었다. 누군가가 분노의 고함을 쳤다. 동물들은 만일 스노우볼이 다시 한 번 이곳에 올 경우, 어떻게 그를 잡아들일 수 있을까를 생각하기 시작했다. 거의 그와 동시에 언덕으로부터 조금 떨어진 풀밭에서 돼지 발자국이 발견되었다. 발자국은 몇 미터 정도 이어지다가 생울타리에 난 구멍 근처에서 멈췄다. 나폴레옹은 발자국에 코를 갖다 대고 아주 신중하게 냄새를 맡더니 그것이 스노우볼의 발자국이라고 말했다. 스노우볼이 폭스우드 농장을 통해 온 듯하다는 것이다.

---

* bushel. 1부셸은 약 28킬로그램이다.(옮긴이)

"더 이상 지체할 수 없습니다, 동지들!" 발자국을 확인한 나폴레옹이 소리쳤다. "우리에겐 할 일이 있습니다. 오늘 아침, 바로 이 순간부터 우리는 풍차를 다시 건설할 것입니다. 겨울에도 풍차 건설을 멈추지 않을 것입니다. 비가 오나 눈이 오나 계속할 것입니다. 그리하여 이 가증스런 배신자에게 알려줄 것입니다. 우리의 의지를 그렇게 쉬이 꺾을 수 없다는 것을 말입니다. 기억하십시오, 동지들. 우리의 계획은 한 치도 수정되지 않습니다. 완공의 그날까지 계속 진행해야 합니다. 전진합시다, 동지들! 풍차 만세! 동물 농장 만세!"

제7장

참으로 혹독한 겨울이었다. 폭풍이 휩쓸고 가면 또다시 진눈깨비가 내리거나 폭설이 내렸다. 사이사이에 서리도 꽤나 내렸다. 이런 날씨는 2월에도 계속되었다. 동물들은 풍차 재건을 위해 최선을 다해 일했다. 그들은 바깥세상이 그들을 지켜보고 있다는 점, 풍차가 제때에 완공되지 않으면 질투와 시기에 찬 인간들이 기뻐 날뛸 것이라는 점을 잘 알고 있었기 때문이다.

앙심을 가득 품은 인간들은 스노우볼이 풍차를 무너뜨렸다는 것을 믿지 않는 척했다. 그들은 풍차의 기둥 벽이 너무 얇아서 무너진 것뿐이라고 말했다. 동물들은 그 말이 사실이 아님을 잘 알고 있었다. 그래도 이번에는 기둥 벽을 전처럼 사십오 센티미터가 아니라 그 두 배인 구십 센티미터 두께로 짓기로 했다. 이는 훨씬 더 많은 양의 돌을 깨서 날라야 한다는 것을 의미했다. 채석장엔 눈 더미가 쌓여 있어서 한동안 아무 일도 할 수 없었다. 그 후 서리 정도만 내리는 건조한 날씨가 되어서야 비로소 건설 작업이 조금씩 진척되었다. 하지만 일은 혹독하기 짝이 없었고, 동물들은 풍차에 대해 전처럼 희망을 품을 수도 없었다. 늘 추웠고 늘 배고팠다. 낙담하지 않은 동물은 오로지 복서와 클로버뿐이었다. 스퀼러가 끊임없이 봉사의 기쁨과 노동의 존엄성에 대해 그럴듯한 연설을 하고 다녔지만, 동물들은 복서의 체력과 "난 더 열심히 일할 거야!"라는 그의 불굴의 외침에 의해 훨씬 더 많이 고무되었다.

1월에 들어서자 식량 사정이 크게 나빠졌다. 옥수수 배급량이 현저하게 줄어들자, 감자 배급량을 늘리겠다는 발표가 있었다. 그러나 비축해놓은 감자의 상당량이 그만 서리를 맞아 상해버린 것으로 밝혀졌다. 감자 더미를 두꺼운 모포로 잘 덮어놓지 않았기 때문이다. 감자는 변색되었고 물컹물컹해졌다. 먹을 수 있는 건 몇 개 되지 않았다. 여러 날을 왕겨와 사탕무로 간신히 연명하는 경우가 많았다. 머지않아 굶어 죽을지도 모를 상황이었다.

바깥세상에는 어떻게든 이 사실을 숨겨야 했다. 풍차가 무너진 후 용기백배가 된 인간들은 동물 농장에 대해 새로운 거짓말을 퍼뜨리고 있었다. 농장의 동물들이 기아와 질병으로 모두 죽어가고 있다, 자기들끼리 노상 싸움질만 하고 있다, 동족을 잡아먹는가 하면 갓 태어난 새끼들까지도 먹어치운다, 따위의 거짓말들이었다. 나폴레옹은 실제로 식량난을 겪고 있다는 사실이 외부에 알려지면 아주 좋지 않은 사태가 이어질 것임을 잘 알고 있었다. 그는 사실과는 정반대의 소문을 퍼뜨리기 위해 미스터 윔퍼를 이용하기로 했다. 지금까지 농장의 일반 동물들은 매주 농장을 방문하는 윔퍼와 접촉하는 일이 거의 없었다. 그러나 이제부터는 몇몇 선택된 동물들(주로 양들)로 하여금 우연을 가장하여 윔퍼 주위를 오가며 식량 배급이 늘어났다는 말을 하고 다니도록 했다. 또한 나폴레옹은 창고의 빈 들통들을 모래로 가득 채우고는 맨 위를 남은 곡물 알갱이나 가루로 덮도록 지시했다. 그런 후 그럴듯한 핑계를 대어 윔퍼를 창고에 오게 하고는 그 들통들을 보게 했다. 그것에 속아 넘어간 윔퍼는 동물 농장이 식량난을 겪고 있지 않다는 것을 계속해서 바깥세상에 알렸다.

하지만 1월 말에 접어들면서 사정은 더욱 악화되었다. 어딘가로부터 곡물을 구해오지 않으면 안 된다는 것이 너무도 분명해졌다. 그즈음 나폴레옹은 일반 동물들 앞에 좀처럼 모습을 드러내지 않은 채, 온종일 농장 저택 안에서만 머물고 있었다. 저택으로 들어가는 입구마다 사나운 표정을 한 개들이 경비를 서고 있었다. 어쩌다가 나폴레옹이 모습을 드러낼 때면 늘 거창한 의례의 형식을 갖췄다. 개 여섯 마리가 그의 최측근에서 호위를 했고 누군가가 다가가기만 하면 사정없이 으르렁거렸다. 나폴레옹은 일요일 아침의 모임에도 빠지는 일이 종종 있었다. 그럴 때면 다른 돼지(주로 스퀼러)가 그의 지시 사항을 대신 전달하곤 했다.

어느 일요일 아침, 스퀼러는 암탉들에게 앞으로 낳는 달걀들을 모두 위원회에 넘기라고 지시했다. 때마침 암탉들은 막 알을 낳으려던 참이었다. 나폴레옹이 매주 사백 개의 달걀을 윔퍼에게 팔기로 계약을 맺었다고 했다. 그렇게 해서 얻은 수입으로 여름이 되어 사정이 조금 나아질 때까지 농장을 꾸려나가는 데 충분한 식량을 살 수 있다는 것이었다.

이 말을 들은 암탉들은 무섭게 울부짖었다. 이런 희생이 필요하게 될지도 모른다는 말을 들은 적은 있지만, 이런 상황이 실제로 벌어지리라고는 믿지 않았었다. 그렇잖아도 암탉들은 봄철에 품을 알을 준비하는 중이었다. 그들은 지금 달걀을 가져가는 건 살해 행위와 다름없다며 저항했다. 존스를 축출한 이후 처음으로 반란과 비슷한 뭔가가 벌어졌다. 털이 검은 미노르카 종種 젊은 암탉 세 마리가 주동이 되어, 암탉들은 나폴레옹의 계획에 반대하고자 결연히 나섰다. 그들은 서까래 위로 날아 올라가 그곳에서 알을 낳은 뒤 그것들을 바닥으로 떨어뜨려 산산이 깨뜨려버렸다. 나폴레옹은 신속하게, 그러면서도 인정사정없이 대응했다. 그는 암탉들에 대한 식량 배급을 중지하도록 명령했고, 그들에게 옥수수 알갱이 하나라도 주는 동물이 있다면 그게 누구이건 사형에 처해질 것이라고 선포했다. 개들은 나폴레옹의 이러한 지시 사항들이 잘 이행되는지를 감독했다. 닷새 동안 완강히 버티던 닭들은 결국 항복하고 둥지로 돌아갔다. 이미 아홉 마리의 닭이 목숨을 잃은 뒤였다. 닭들의 시신은 과수원에 묻혔고, 콕시듐 병* 때문에 죽은 것으로 발표되었다. 윔퍼는 이런 속사정에 대해 전혀 듣지 못했고, 달걀들은 제때제때 잘 넘겨졌다. 식료품 가게의 수레가 일주일에 한 번씩 농장에 와서 달걀을 가져갔다.

스노우볼의 흔적은 더 이상 발견되지 않았지만, 근처 농장들 중한 곳에 몸을 숨기고 있다는 소문이 떠돌았다. 폭스우드 농장이거나 핀치필드 농장일 거라고 했다. 이즈음 나폴레옹과 인근 농장주들과의 관계는 전보다 좀 더 우호적으로 변했다. 농장 마당에는 목재 더미가 십 년째 수북이 쌓여 있었다. 너도밤나무 숲을 개간하면서 베어놓았던 것으로, 아주 잘 건조된 상태였다. 윔퍼는 나폴레옹에게 그 목재를 파는 것이 어떠냐고 조언했다. 미스터 필킹턴과 미스터 프레더릭 모두 그것을 사고 싶어 안달이라는 것이었다. 나폴레옹은 두 사람 중 누구에게 목재를 팔 것인지 쉽게 결정하지 못했다. 프레더릭과 어떤 계약을 맺으려 할 때면 그의 폭스우드 농장에 스노우볼이 숨어 있다는 소문이 들렸고, 필킹턴과 계약을 맺으려할 때면 그의 핀치필드 농장에 스노우볼이 숨어 있다는 소문이 들렸기 때문이다.

---

* coccidiosis. 염소·소·돼지·양·토끼·닭 따위의 장에 기생하여 출혈성 설사, 빈혈, 영양 장애를 일으키는 전염병.(옮긴이)

이른 봄 어느 날 갑자기 놀라운 사실이 밝혀졌다. 스노우볼이 밤을 틈타 동물 농장을 수시로 드나든다는 것이었다! 동물들은 불안한 마음에 거의 잠을 이룰 수 없었다. 소문에 따르면, 스노우볼이 매일 밤 어둠 속을 기어와서 온갖 나쁜 짓을 저지른다고 했다. 옥수수를 훔치고 우유 통을 뒤엎는가 하면, 모종밭을 발로 짓이겨놓거나 과실수 껍질을 갉아먹는다는 것이었다. 뭔가 잘못된 일만 생기면 그것은 모두 스노우볼의 탓이 되어버렸다. 창문이 깨지거나 하수구가 막혔을 때도, 누군가가 간밤에 스노우볼이 와서 그 짓을 한 게 틀림없다고 말했다. 창고 열쇠가 없어졌을 때도, 스노우볼이 그것을 훔친 뒤 우물에 던져버렸을 거라고 모두가 믿었다. 참으로 이상한 것은, 어떤 곡물 자루 아래에서 그 열쇠가 발견된 후에도 동물들은 여전히 스노우볼이 열쇠를 우물에 던져버렸다고 믿었다는 점이다. 젖소들은 자기들이 잠자는 사이에 스노우볼이 축사로 들어와서 젖을 짜갔다고 이구동성으로 주장했다. 겨우내 말썽을 일삼던 쥐새끼들이 알고 보니 스노우볼과 한통속이었다는 말도 있었다.

　나폴레옹은 스노우볼의 활동 상황에 대한 전면적인 조사를 실시할 것이라고 천명했다. 그는 개들을 동반한 채 농장 안의 모든 건물 구석구석을 돌며 꼼꼼히 살폈다. 다른 동물들은 일정한 거리를 두고 그의 뒤를 따랐다. 그는 두세 걸음 걷다가 멈추고 땅에 코를 대어 냄새 맡는 일을 반복했다. 스노우볼의 흔적이 있는지 확인하기 위해서였다. 그는 냄새만으로도 그것을 알 수 있다고 말했다. 그는 헛간과 외양간과 닭장과 야채밭의 구석구석을 다니며 냄새를 맡았고, 거의 모든 곳에서 스노우볼의 냄새를 맡았다. 코를 땅에 대고 몇 차례 깊이 쿵쿵 냄새를 맡은 후, 찢어지는 듯한 목소리로 외쳤다. "스노우볼! 그자가 이 자리를 지나갔군! 난 그의 냄새를 잘 안다고!" 나폴레옹이 "스노우볼"이라고 말할 때마다, 그를 수행하는 개들은 일제히 피에 굶주린 듯 으르렁거리며 좌우의 이빨을 크게 드러냈다.

동물들은 뼛속까지 공포에 사로잡혔다. 마치 스노우볼이 모종의 보이지 않는 무시무시한 세력처럼 느껴졌다. 공기처럼 그들을 둘러싼 채, 온갖 위협을 일삼는 존재인 것 같았다. 저녁 무렵에 스퀼러가 동물들을 소집했다. 그는 몹시 놀란 듯한 표정을 지으면서 심각한 소식이 있다고 말했다.

"동지들!" 불안한 듯 몇 차례 폴짝폴짝 뛰며 그가 외쳤다. "정말로 끔찍한 사실이 밝혀졌습니다. 스노우볼이 핀치필드 농장의 프레더릭과 손을 잡았습니다. 프레더릭은 이곳으로 쳐들어와 우리에게서 이 농장을 빼앗으려는 모략을 꾸미고 있습니다! 공격을 시작할 때 스노우볼이 프레더릭의 길 안내를 맡을 것이라 합니다. 그뿐만이 아닙니다. 더 나쁜 소식도 있습니다. 우리는 지금껏 스노우볼이 반란에 참여한 이유가 그의 허영심과 야심 때문인 줄로만 생각했습니다. 그러나 우리 생각이 틀렸습니다, 동지들. 진짜 이유가 무언지 아십니까? 스노우볼은 애당초부터 존스와 한 패거리였던 것입니다! 그는 줄곧 존스의 스파이였습니다. 그가 농장에 남기고 간 서류에 이 모든 것에 대한 증거가 담겨 있습니다. 그 서류를 우리는 최근에야 발견할 수 있었습니다. 제 생각입니다만, 이제야 모든 것이 아귀가 들어맞는 것 같습니다. '외양간 전투'에서 그가 얼마나 교묘하게 우리를 패배시키고 파괴시키려 했는지, 우리 눈으로 보지 않았습니까? 다행히 그 계략은 성공하지 않았지만 말입니다."

동물들은 아연실색할 뿐이었다. 그것은 풍차를 무너뜨린 것보다 훨씬 더 사악한 행위였다. 하지만 그런 생각에 이르기까지는 동물들에게 약간의 시간이 필요했다. 그들은 모두 기억하고 있었다. 아니, 기억하고 있다고 생각했다. 스노우볼이 얼마나 훌륭히 지도력을 발휘하며 자신들을 이끌고 '외양간 전투'에 임했는지를. 그런 스노우볼의 모습이 아직도 눈앞에 생생했다. 위기에 봉착할 때마다 그는 동물들을 규합하고 그들에게 용기를 불어넣어 주었었다. 존스의 총이 발사되어 등에 부상을 입었을 때조차 스노우볼은 단 한 순간도 머뭇거리지 않고 전투에 임했었다. 이 모든 것을 동물들은 기억하고 있었다. 그런 스노우볼이 어떻게 존스와 한 패거리일 수 있을까를 이해하기란 쉽지 않은 일이었다. 거의 질문을 하는 법이 없는 복서조차 극심한 혼란을 느꼈다. 그는 앞발을 몸통 아래에 묻으며 자리에 앉더니 눈을 감고는 생각을 정리하느라 무진 애를 썼다.

"믿을 수가 없군요." 그가 말했다. "스노우볼이 '외양간 전투'에서 얼마나 용감하게 싸웠는지 제 눈으로 똑똑히 봤습니다. 전투가 끝나자마자 우리는 그에게 '동물영웅 최고훈장'을 수여하지 않았습니까?"

"그건 우리의 실수였습니다, 동지. 이제 우리는 압니다. 사실은 그가 우리를 파멸의 길로 유인하고자 했다는 것을요. 우리가 발견한 비밀문서에 모두 적혀 있습니다."

"하지만 그는 부상까지 당했는걸요." 복서가 말했다. "그가 피를 흘리며 달리는 것을 우리 모두 보았어요."

"그것 역시 계략의 일부였다니까요!" 스퀼러가 소리 질렀다. "존스의 총알은 그를 살짝 스쳤을 뿐입니다. 그가 직접 쓴 글에 다 나와 있습니다. 여러분이 글만 읽을 수 있어도 다 보여드릴 텐데 말이죠. 결정적인 순간에 스노우볼이 우리에게 도망가도록 신호를 보낸 뒤 농장을 적에게 넘기려 한 것이 원래 계략이었던 겁니다. 그것은 거의 성공할 뻔했습니다. 동지 여러분, 제가 자신 있게 말씀드립니다. 만일 우리의 영웅적인 지도자 나폴레옹 동지가 아니었다면, 스노우볼의 계략은 성공했을 것입니다. 여러분 모두 기억하지 않으십니까? 존스와 그의 무리들이 마당 안으로 들어온 바로 그 순간에 스노우볼이 갑자기 방향을 틀어 도망가던 것 말입니다. 그때 많은 동물들이 그의 뒤를 따르지 않았습니까? 우리가 겁에 질려 우왕좌왕하고 패배가 거의 목전에 다가온 듯한 순간에, 나폴레옹 동지가 '인간에게 죽음을!'이라 외치며 결연히 앞으로 튀어나가 존스의 다리에 이빨을 박아버린 것 또한 기억하지 않으십니까? 당연히 기억하시겠죠, 동지 여러분. 그렇지 않습니까?" 스퀼러가 이리저리 깡충거리며 부르짖었다.

스퀼러가 과거의 장면들을 그림처럼 생생히 상기시키자, 동물들은 자신들이 진짜로 그 모든 것을 '기억하는' 것처럼 느꼈다. 어쨌거나 중요한 순간에 스노우볼이 돌아서서 도망쳤던 것은 분명하지 않은가. 하지만 복서는 여전히 뭔가 개운치 않았다.

"저는 스노우볼이 처음부터 배신자였다고는 믿지 못하겠습니다." 마침내 복서가 말했다. "나중에 그가 무슨 짓을 했는지는 다른 문제예요. 하지만 '외양간 전투'에서만큼은 그는 정말 훌륭한 동지였습니다."

"우리의 지도자 나폴레옹 동지가 말씀하셨습니다." 스퀼러가 아주 천천히, 그리고 결연한 어조로 말했다. "단호하게, 여러분, 아주 단호하게 말씀하셨습니다. 스노우볼은 처음부터 존스의 앞잡이였다고 말입니다. 그렇습니다. 심지어 우리가 반란에 대해 생각하기 오래전부터 그는 이미 존스의 앞잡이였습니다."

"아, 그렇다면 얘기가 다르죠!" 복서가 말했다. "나폴레옹 동지가 그렇게 말씀하신다면야, 당연히 그게 맞을 겁니다."

"바로 그것이 참된 정신입니다, 동지!" 스퀼러가 외쳤다. 하지만 그의 작고 번득이는 눈은 복서를 향해 영 마땅찮다는 듯한 눈초리를 던지고 있었다. 자리를 뜨려다 말고 스퀼러가 의미심장한 표정으로 덧붙여 말했다. "농장의 모든 동물들에게 경고하는 바입니다.

눈을 크게, 똑바로 뜨고 다니십시오. 지금 이 순간에도 스노우볼의 비밀 첩자들이 호시탐탐 우리 사이에 숨어 있으니까요. 믿을 만한 근거가 있어서 말씀드리는 겁니다!"

그로부터 나흘이 지난 늦은 오후였다. 나폴레옹은 모든 동물들을 마당으로 소집했다. 모두 모이고 나자 그가 농장 저택에서 나왔다. 메달 두 개를 차고 있었고(최근에 그는 자기 자신에게 '동물영웅 최고 훈장'과 '동물영웅 이등훈장'을 수여했다), 아홉 마리의 커다란 개가 그를 호위했다. 개들은 계속해서 몸을 움직이며 주변을 살폈고, 등 골이 오싹할 정도로 으르렁거렸다. 동물들은 잔뜩 움츠린 채 조용히 자리를 지켰다. 뭔가 무시무시한 일이 벌어지리라는 것을 이미 예감한 듯했다.

나폴레옹은 준엄한 자세로 서서 좌중을 둘러보았다. 그런 다음 특유의 높고 날카로운 목소리로 꽥꽥 소리를 쳤다. 그 순간 개들이 뛰듯이 앞으로 달려 나가 돼지 네 마리의 귀를 물고는 그들을 나폴레옹의 발아래로 끌고 왔다. 돼지들은 고통과 공포로 비명을 질러 댔다. 그들의 귀에서 피가 뚝뚝 흘러내렸다. 피 맛을 본 개들은 잠시 동안 미쳐 날뛰었다. 그중 세 마리가 느닷없이 복서에게 달려들었다. 그러자 복서는 커다란 발굽을 힘껏 뻗어 개 한 마리를 공중에서 낚아채고는 그대로 땅바닥으로 내리꽂았다. 개는 살려달라고 비명을 질렀고, 겁을 먹은 다른 두 마리 개는 급히 도망쳤다. 복서는 잡은 개를 밟아 죽여야 할지, 아니면 놓아주어야 할지 결정하기 위해 나폴레옹을 바라보았다. 급히 안색이 변한 나폴레옹은 개를 놓아주라고 복서에게 명령했다. 복서가 발굽을 들어 올렸다. 멍투성이가 된 개는 청승맞게 울부짖으며 도망쳤다.

　소란은 이내 가라앉았다. 네 마리 돼지는 벌벌 떨며 조아리고 있었다. 엄청난 죄를 지은 듯한 표정이 얼굴에 가득했다. 나폴레옹은 그들에게 죄를 자백하라고 명령했다. 그 네 마리 돼지들은 예전에 나폴레옹이 일요일 총회를 폐지한다고 했을 때 그것에 항의했던 바로 그 돼지들이었다. 더 이상 다그치기도 전에 그들은 스노우볼이 축출된 후 줄곧 그와 비밀리에 접촉해왔었노라고 자백했다. 스노우볼과 협력하여 풍차를 무너뜨렸으며, 동물 농장을 미스터 프레더릭에게 넘겨주기로 스노우볼과 약속했다고도 말했다. 또한 스노우볼이 여러 해 전부터 존스의 비밀 앞잡이였던 것은 사실이며, 그것은 스노우볼에게서 직접 들은 얘기라고 했다. 돼지들이 자백을 끝내자 개들이 달려들어 그들의 목을 물어뜯었다. 나폴레옹은 무섭기 짝이 없는 목소리로 죄를 자백할 동물이 또 있는지 물었다.

　그러자 달걀 문제로 반란을 주도했던 암탉 세 마리가 앞으로 나왔다. 그들은 스노우볼이 꿈속에 나타나 나폴레옹의 명령에 불복하도록 선동했다고 말했다. 그 암탉들 역시 처형되었다. 거위 한 마리가 걸어 나와 지난해 추수 기간 동안 옥수수 여섯 알을 몰래 숨겨놓고 그것을 밤에 먹었다고 자백했다. 양 한 마리는 식수용 연못에서 소변을 본 적이 있는데, 이는 스노우볼이 시켜서 한 짓이라고 말했다. 또 다른 양 두 마리는 나폴레옹의 열렬한 추종자인 동료 양 하나를 죽인 적이 있다고 자백했다. 그 양의 뒤를 쫓으며 모닥불 주위를 빙글빙글 돌았는데, 그만 그 양이 기침을 심하게 하며 죽었다는 것이다. 죄를 자백한 동물들은 모두 그 자리에서 처형되었다. 나폴레옹의 발 앞에 동물의 시체가 수북이 쌓이고, 주변 공기가 피 냄새로 묵직해질 때까지 자백과 처형은 그렇게 계속되었다. 피 냄새가 그처럼 진동을 한 건 존스를 축출한 이후 처음이었다.

처형이 다 끝난 후, 돼지와 개를 제외한 나머지 동물들은 한꺼번에 조용히 자리를 빠져나갔다. 심하게 충격을 받은 터라 기분이 참 담하기만 했다. 스노우볼과 한패가 되어 배신 행위를 한 동물들이 있었다는 사실에 더 충격을 받은 건지, 아니면 방금 목격한 잔인무도한 보복 행위에 더 충격을 받은 건지, 동물들은 갈피를 잡을 수 없었다. 예전에도 이처럼 유혈이 낭자한 살해 행위가 없었던 건 아니다. 하지만 그들에겐 지금의 경우가 훨씬 더 끔찍해 보였다. 그 살해 행위가 동물들 사이에서 벌어졌기 때문이다. 존스가 농장을 떠난 후 오늘날까지, 동물이 동물을 죽이는 일은 한 번도 없었다. 하다못해 쥐새끼 한 마리 죽임을 당한 적이 없었다. 동물들은 반쯤 완공된 풍차가 서 있는 언덕으로 올라갔다. 그들은 일제히 합심해서 몸을 녹이기라도 하려는 듯 서로서로 바싹 앉았다. 클로버, 뮤리엘, 벤저민, 젖소들, 양들, 그리고 거위들과 암탉들 모두가 그 자리에 있었다. 고양이만 그 자리에 없었는데, 그녀는 나폴레옹이 소집

명령을 내리기 직전에 갑작스레 행방을 감춰버렸다. 한동안 아무도 입을 열지 않았다. 유일하게 서 있었던 복서는 안절부절못하며 앞뒤로 오가기를 반복했다. 꼬리로 양 옆구리를 계속 쳐댔고, 이따금 충격을 못 이긴 듯 히힝 소리를 냈다. 이윽고 그가 말했다.

"도저히 이해하지 못하겠어. 그런 일이 우리 농장에서 벌어지리라고는 정말 믿지 못하겠어. 우리들한테 뭔가 문제가 있는 게 분명해. 그렇다면 해결 방법은 하나야. 더 열심히 일하는 거야. 이제부터 나는 아침마다 한 시간 더 일찍 일어나겠어."

복서는 곧 특유의 육중한 걸음걸이로 자리를 뜨더니 채석장으로 향했다. 그곳에서 돌을 두 무더기나 모으고는, 그것들을 풍차 아래까지 끌어다 놓은 다음에야 축사로 돌아갔다.

클로버를 중심으로 빙 둘러앉은 동물들은 아무 말 없이 한참을 그렇게 있었다. 그들이 있는 언덕으로부터 그 시골 지역 일대가 내려다보였다. 동물 농장 전체도 거의 한눈에 들어왔다. 중앙 도로까지 길게 쭉 뻗은 목초지, 건초 밭, 잡목림, 식수용 연못, 쟁기질 잘 된 밭과 그곳에서 자라나는 두텁고 푸른 어린 밀, 붉은색 지붕의 농장 건물들과 굴뚝에서 피어나는 구불구불한 연기 등이 모두 한눈에 들어왔다. 청명한 봄날 저녁이었다. 풀밭도 생울타리를 뒤덮은 꽃망울들도 지평선에 걸친 태양빛을 받아 황금색으로 반짝였다. 동물들의 눈에 농장이 그토록 아름다워 보인 건 처음이었다. 그것이 그들의 농장이라는 사실, 그 땅의 구석구석이 모두 그들의 소유라는 사실이 흠칫 놀랍기까지 했다. 언덕 아래를 내려다보는 클로버의 눈에 눈물이 가득 고였다. 자신의 생각을 말로 표현할 수 있었다면 아마도 그녀는 이렇게 말했을 것이다. 몇 해 전에 그들이 인간이라는 종족을 몰아내려 그토록 애쓴 것은 지금의 이런 상황을 원해서가 아니었다고. 그날 밤 올드 메이저가 동물들에게 반란을 일으키라고 부추겼을 때, 그들이 기대했던 건 이런 참혹한 공포와 학살이 아니었다고. 그녀가 꿈꾸던 미래가 있었다면, 그것은 동물들이 굶주림과 채찍으로부터 벗어나고, 모두가 평등하며, 모두가 자신의 능력에 맞게 일하는 사회였다. 올드 메이저가 연설하던 그날 밤, 한 무리의 길 잃은 새끼오리들을 자신의 앞다리로 감싸 보호해준 것처럼, 강한 자가 약한 자를 보호해주는 그런 사회였다. 하지만 그런 사회는커녕, 지금 그들은 감히 말 한마디 자유롭게 할 수 없고, 사나운 개들이 도처에서 으르렁거리고, 동지들이 충격적인 자백을 한 뒤 갈가리 찢겨 죽임을 당하는 모습을 봐야 하는 지경에 이르고 말았다. 클로버는 이유를 알 수 없었다. 그녀의 마음속엔 반란을 일으키거나 복종을 거부할 생각은 추호도 없었다. 비록 삶이 팍팍해도 존스 밑에서 지내던 시절보다는 훨씬 낫다는 것, 인간들이 돌아오는 것을 막는 일이 그 무엇보다 우선이라는 것을 그녀는 알고 있었다. 무슨 일이 일어나건 그녀는 충성을 다할 것이고, 열심히 일할 것이고, 자신에게 내려진 명령을 이행할 것이고, 영도자로서의 나폴레옹을 받아들일 것이었다. 하지만 아무리 그렇다 해도 이 상황은 너무 심했다. 이것은 그녀나 다른 동물들이 기대했던 것이 아니었고, 이렇게 되려고 그토록 열심히 일한 것도 아니었다. 이렇게 되려고 풍차 건설에 매진했던 것도 아니었고, 존스의 총알에 맞선 것도 아니었다. 이런 생각이 머릿속에 맴돌았지만 클로버에겐 이를 표현할 언어가 부족했다.

적당한 말을 찾지 못한 그녀는 마침내 〈영국의 짐승들〉을 부르기 시작했다. 말을 대신할 적절한 방법이라고 생각해서였다. 그녀 주위에 앉아 있던 다른 동물들도 따라 부르기 시작했다. 그들은 그 노래를 세 번이나 연이어 불렀다. 매우 아름답게 선율을 맞추어, 그러면서도 천천히, 비장하게, 마치 전에 한 번도 부르지 않았던 것처럼 그 노래를 불렀다.

노래를 세 번째로 부르고 나자마자 스퀼러가 두 마리 개의 호위를 받으며 나타났다. 뭔가 중요한 할 말이 있는 분위기였다. 그는 나폴레옹 동지의 특별 포고령에 따라 〈영국의 짐승들〉을 없앴으며, 앞으로 그 노래를 부르는 행위는 금지될 것이라고 말했다.

동물들은 경악했다.

"이유가 뭐죠?" 뮤리엘이 소리쳤다.

"그 노래는 더 이상 필요 없습니다, 동지." 스퀼러가 딱딱하게 말했다. "〈영국의 짐승들〉은 반란을 위한 노래였습니다. 하지만 반란은 이제 완수되었습니다. 오늘 오후에 배신자들을 처형한 것을 끝으로 말이죠. 외부의 적과 내부의 적이 모두 완전히 소탕되었습니다.

〈영국의 짐승들〉에서 우리는 앞으로 도래할 더 나은 사회에 대한 우리의 염원을 표현했습니다. 이제 그 사회가 완전히 실현되었습니다. 당연히 그 노래는 더 이상 아무 의미가 없는 겁니다."

동물들은 또다시 충격을 받았다. 그중 몇몇이 뭐라고 항의하려던 찰나, 여느 때처럼 양들이 나서서 "네 다리는 좋고, 두 다리는 나쁘다"며 매애매애거리기 시작했다. 양들의 구호는 몇 분 동안 계속되었고, 토론은 그렇게 끝이 났다.

그리하여 〈영국의 짐승들〉은 더 이상 들리지 않게 되었다. 그 대신에 미니머스가 새로운 노래를 한 곡 지었다. 이렇게 시작되는 노래였다.

동물 농장, 동물 농장,
나는 결코 그대를 해하지 않으리라!

동물들은 매주 일요일 아침, 깃발 게양식을 마친 후에 이 노래를 불러야 했다. 하지만 그들에겐 가사도 곡조도 〈영국의 짐승들〉과는 도저히 견줄 수 없는 노래였다.

제8장

　며칠이 지나고 처형으로 빚어진 공포가 차츰 잦아들 무렵, 몇몇 동물들은 '어떤 동물도 다른 동물을 죽여서는 안 된다'라는 칠계명의 여섯 번째 계명을 기억해냈다. 아니, 기억났다고 생각했다. 그들은, 물론 돼지들이나 개들이 듣는 곳에서는 아무 언급도 하지 않았지만 며칠 전에 있었던 그 일련의 살해 행위들이 여섯 번째 계명에 들어맞지 않는다고 느꼈다. 클로버는 벤저민에게 여섯 번째 계명을 읽어달라고 부탁했다. 언제나처럼 벤저민은 그런 문제에 끼어들고 싶지 않다고 말했다. 클로버는 뮤리엘에게 다시 부탁했다. 뮤리엘이 클로버에게 읽어준 여섯 번째 계명은 이러했다. "어떤 동물도 다른 동물을 '아무 이유 없이' 죽여서는 안 된다." 웬일인지 '아무 이유 없이'라는 세 단어는 그들의 기억 속에 존재하지 않았다. 그렇지만 그 계명을 읽고 나니 며칠 전의 처형 사건이 계명을 위반하지 않았음을 알 수 있었다. 스노우볼에게 협력한 반역자들을 죽이는 건 분명 합당한 일이었기 때문이다.

그해 내내 동물들은 전보다 더 열심히 일했다. 전보다 두 배나 더 두껍게 벽을 쌓아 풍차를 다시 짓는 것, 더구나 그 일을 약속된 날짜까지 끝내는 것은 엄청난 노동을 요구했다. 통상적인 농장 일도 병행하면서 말이다. 존스 시절보다 더 오랜 시간 노동했고, 먹는 것도 그때와 별반 다르지 않은 것처럼 보일 때도 자주 있었다. 일요일 아침마다 스퀼러는 기다란 종이 한 장을 앞발로 들고 나와 낭독했다. 농장에서 재배하는 모든 종류의 식량 생산이 크게 증가했음을 보여주는 각종 수치들이었다. 어떤 것은 이백 퍼센트, 어떤 것은 삼백 퍼센트, 또 어떤 것은 오백 퍼센트 증가했다고 했다. 동물들로선 스퀼러의 말을 불신할 이유가 없었다. 반란 이전의 상황이 어떠했는지 더 이상 또렷이 기억할 수 없었기 때문이다. 어쨌거나 수치들은 낮아도 좋으니 먹을 것이나 더 많았으면 하고 느낄 뿐이었다.

이제 모든 명령은 스퀼러나 다른 돼지들을 통해 전달되었다. 나폴레옹은 두 주에 한 번 정도 공식 석상에 모습을 드러낼 뿐이었다. 그가 나타날 때면 여러 마리의 개뿐 아니라 시커먼 싸움닭 한 마리도 그를 수행했다. 그 닭은 나폴레옹의 앞에 서서 행군하듯 걸으며, 나폴레옹이 연설하기에 앞서 나팔수처럼 *"꼬꼬-꼬꼬-꼬끼오"*를 외쳤다. 소문에 따르면, 나폴레옹은 농장 저택 안에서도 다른 돼지들과 따로 떨어진 거처에서 지낸다고 했다. 개 두 마리의 시중을 들으며 식사도 혼자 하는데, 거실 유리 찬장에 있었던 크라운 더비* 식기를 사용한다고 했다. 일 년에 두 번 있는 기념일 외에, 나폴레옹의 생일에도 축포를 쏠 것이라는 발표도 있었다.

나폴레옹은 이제 단순히 '나폴레옹'이라고 불리지 않게 되었다. 언제 어디서나 '우리의 지도자, 나폴레옹 동지'라는 의례적인 칭호로 불렸다. 돼지들은 그를 위해 여러 다른 칭호도 만들어냈다. 모든 동물의 아버지, 인간에게 가장 큰 공포의 대상, 양들의 수호자, 새끼 오리들의 친구 등등이 그것이었다. 나폴레옹의 지혜로움에 대해, 그의 선한 심성에 대해, 그가 세상의 모든 동물을 얼마나 사랑하는지에 대해, 특히 그가 다른 농장에서 무지한 상태로 노예처럼 살아가는 불행한 동물들을 얼마나 염려하는지에 대해 말하며, 스퀼러는 뺨 위로 눈물을 줄줄 흘리기 일쑤였다. 어떤 성과도, 어떤 행운도, 이제는 모두 나폴레옹의 덕으로 돌려졌다. "우리의 지도자, 나폴레옹 동지의 영도領導에 힘입어서 나는 엿새 동안 다섯 개의 알을 낳았죠"라는 암탉이 있는가 하면, 젖소들이 연못에서 물을 들이키며 "물맛이 이토록 좋은 건 모두 나폴레옹 동지의 지도력 덕분이야"라고 감탄하는 것도 심심찮게 들을 수 있었다. 농장 동물들의 심리 상

---

* Crown Derby. 왕관 문양을 새긴, 영국 왕실이 인가한 도자기.(옮긴이)

태는 〈나폴레옹 동지〉라는 제목의 시에 잘 드러나 있었다. 미니머스가 지은 이 시는 다음과 같았다.

아비 없는 동물들의 친구!
행복의 샘물!
양식의 구세주! 아, 당신을 마주할 때
내 영혼은 불탄다네.
고요하면서도 위엄 있는 당신의 눈빛
하늘의 태양 같으신
나폴레옹 동지!

당신이 창조하신 모든 생명들에게
사랑을 주시고
하루에 두 번 그들의 배를 채워주시고
그들의 침상에 깨끗한 밀짚을 깔아주시니
큰 짐승도 작은 짐승도
평화롭게 잠을 이루네.
우리 모두를 지켜주시는
나폴레옹 동지!

내게 젖먹이 아기돼지가 있다면

그 아이가 자라나기 전에

물병만큼이나 혹은 밀대만큼이나 작은 아이일 적에

반드시 배우도록 하리라.

당신에게 충성스럽고 충실해야 한다는 것을.

그 아이의 생애 첫마디는 바로 이것이리라.

"나폴레옹 동지!"

나폴레옹은 이 시를 승인했고, 그것을 칠계명이 쓰여 있는 헛간 벽의 맞은편 벽에 써놓도록 명령했다. 스퀼러는 그 시 위에 하얀 페인트로 나폴레옹의 옆모습 초상화를 그려놓았다.

한편 나폴레옹은 윔퍼를 중개인으로 삼아, 프레더릭과 필킹턴을 상대로 복잡한 협상을 진행하고 있었다. 목재 더미는 여전히 팔리지 않은 상태였다. 두 사람 중 목재에 더 탐을 내는 것은 프레더릭이었지만, 아직 합당한 가격을 제시하지 않고 있었다. 그즈음 프레더릭과 그의 하수인들이 동물 농장을 공격하여 풍차를 파괴하려고 음모를 꾸미고 있다는 새로운 소문이 나돌기 시작했다. 프레더릭이 풍차에 대해 격렬한 질투심을 갖고 있다는 것이었다. 스노우볼이 아직도 프레더릭의 핀치필드 농장에 몸을 숨기고 있다고도 했다. 여름이 한창일 무렵, 동물들은 또다시 충격적인 이야기를 들었다. 암탉 세 마리가 스노우볼에게 사주를 받아서 나폴레옹 살해 계획에 동참했었노라 자백했다는 것이다. 세 암탉은 그 자리에서 죽임을 당했고, 나폴레옹의 신변을 보호하기 위한 새로운 예방 조치가 취해졌다. 밤에는 네 마리의 개가 침대 모서리마다 한 마리씩 배치되어 그의 침상을 지켰다. 핑크아이라는 이름의 젊은 돼지는 나폴레옹이 식사하기 전에 그의 음식을 일일이 맛보는 임무를 맡았다. 독이 있는지 알아보기 위해서였다.

같은 시기에 나폴레옹이 필킹턴에게 목재를 팔기로 결정했다는 소식이 전해졌다. 또한 동물 농장과 폭스우드 농장 사이에 몇 가지 생산품을 정기적으로 교환한다는 합의도 이루어질 것이라고 했다. 둘 사이의 모든 거래는 오로지 윔퍼를 통해서 이루어졌지만, 이제 나폴레옹과 필킹턴의 관계는 상당히 우호적이라 할 만했다. 동물들은 인간인 필킹턴을 불신했지만 프레더릭보다는 그를 훨씬 선호했다. 그들은 프레더릭을 두려워했고, 또 증오했다. 여름이 막바지로 접어들 즈음에 풍차도 거의 완공되어갔고, 풍차에 대한 공격이 임박했다는 소문이 점점 더 나돌았다. 들리는 바에 따르면, 프레더릭은 총으로 무장한 스무 명의 남자들을 이끌고 쳐들어올 것이며, 이미 치안 판사와 경찰에게 뇌물도 바쳐놓았다고 했다. 그렇게 해놓아야 프레더릭이 동물 농장을 손에 넣을 때 아무런 의심을 받지 않을 것이기 때문이었다. 그뿐이 아니었다. 프레더릭이 그의 동물들을 얼마나 잔혹하게 다루는지에 대한 끔찍한 이야기들이 핀치필드 농장에서 새어나왔다. 늙은 말을 채찍으로 때려 죽였다, 젖소들을 굶겨 죽였다, 개 한 마리를 화덕에 던져 죽였다, 매일 저녁 수탉들의 발목에

면도날 조각을 달아 서로 싸우게 만들며 그 광경을 즐긴다, 운운하는 이야기들이었다. 프레더릭이 동료 동물들에게 이런 짓을 한다는 이야기를 들은 동물들은 분노로 피가 부글부글 끓었다. 때로는 당장 핀치필드 농장으로 몰려가 인간들을 몰아내고 그곳 동물들을 해방시키자고 아우성치기도 했다. 하지만 스퀼러는 그들에게 성급한 행동을 삼가고 나폴레옹 동지의 전략을 믿어야 한다고 충고했다.

그럼에도 프레더릭에 대한 반감은 계속해서 커져만 갔다. 어느 일요일 아침, 헛간에 등장한 나폴레옹은 프레더릭에게 목재를 팔 생각은 단 한 번도 한 적이 없다고 말했다. 그런 악당과 거래하는 것은 자신의 체면을 크게 손상시키는 행위라고 말했다. 반란에 대해 선전하고 다니는 임무를 맡은 비둘기들도 핀치필드 농장만은 근처에도 가지 말도록 지시받았다. '인간에게 죽음을'이라는 예전의 구호는 '프레더릭에게 죽음을'이라는 구호로 대체되었다. 여름이 끝날 무렵, 스노우볼의 또 다른 계략이 폭로되었다. 밀밭이 잡초로 온통 뒤덮이는 사태가 발생했는데, 그것은 스노우볼이 어느 날 밤중에 몰래 농장으로 들어와 잡초 씨앗들을 종자용 밀알들과 섞어놓았기 때문이라고 했다. 그 계략에 은밀히 참여한 수컷 거위 한 마리가 스퀼러에게 죄를 자백했고, 곧이어 벨라도나* 열매를 삼키고 스스로 목숨을 끊었다. 대부분의 동물들은 스노우볼이 '동물영웅 최

---

* belladonna(deadly nightshade). 가짓과의 여러해살이풀. 어두운 갈색 꽃이 피고 열매는 검은색의 장과漿果를 맺으며 독毒이 많다.(옮긴이)

고훈장'을 받았었다고 지금껏 믿어왔지만 그것이 사실이 아니라는 것도 이제야 알게 되었다. 그것은 일종의 전설로서 '외양간 전투' 이후 스노우볼이 직접 날조해서 퍼뜨린 것이었다. 훈장을 받기는커녕 전투에서 보여준 비겁한 행위 때문에 크게 비난을 받기까지 했다. 이번에도 역시 몇몇 동물들은 이러한 이야기를 듣자 꽤 당혹스러워했다. 스퀄러는 그들의 기억이 잘못되었다고 설득했고, 동물들 역시 결국에는 수긍했다.

가을이 되었다. 엄청난 노동 끝에 드디어 풍차가 완공되었다. 추수도 동시에 진행되었기 때문에 동물들의 고생은 실로 이만저만이 아니었다. 풍차에 설치할 기계들을 구입하는 문제에 대해선 윔퍼가 알아보는 중이었고 풍차의 건물만 완공된 상태였다. 그 모든 어려움들에도 불구하고, 즉 아무 경험도 없는 상태에서 원시적인 도구들만을 가지고 여러 가지 불운과 스노우볼의 배신 행위를 겪었음에도 불구하고, 마침내 풍차가 제시간에 완공된 것이다! 몸은 지쳤지만 마음만은 뿌듯하기 그지없었던 동물들은 자신들이 만든 그 걸작의 주위를 걷고 또 걸었다. 그들의 눈에는 지금의 풍차가 처음 지어졌던 것보다 훨씬 더 아름다워 보였다. 벽이 두 배나 더 두꺼운 풍차였다. 일부러 폭파시키지만 않는다면 절대로 무너질 일이 없으리라! 동물들은 자신들이 얼마나 열심히 일했는지, 얼마나 많은 낙담을 겪어야 했는지를 생각했다. 풍차의 날개가 마침내 돌아가고 발전기가 움직이기 시작하고 나면 자신들의 삶이 얼마나 크게 바뀔

까에 대해서도 생각했다. 이 모든 것을 생각하니 피곤함도 눈 녹듯 사라졌다. 그들은 승리의 환호성을 지르고 뜀박질을 하며 풍차 주위를 돌고 또 돌았다. 여러 마리의 개와 젊은 수탉의 호위를 받으며 나폴레옹이 출두했다. 완공된 풍차를 직접 보기 위해서였다. 그는 동물들이 이룬 업적에 대해 치하하며, 앞으로 그 풍차를 '나폴레옹 풍차'라고 부를 것이라 선언했다.

이틀이 지나고 동물들은 헛간에서 열린 특별 회의에 소집되었다. 나폴레옹이 목재를 프레더릭에게 팔았다고 발표한 순간, 동물들은 어안이 벙벙해졌다. 다음 날 프레더릭의 수레가 와서 목재를 실어 갈 것이라고 했다. 겉으로는 필킹턴과 우호적인 관계를 맺는 척하면서, 실제로는 프레더릭과 비밀스런 합의를 보았던 것이다.

폭스우드 농장과의 모든 관계는 단절되었다. 모욕적인 메시지들이 필킹턴에게 보내졌다. 비둘기들은 폭스우드 농장을 피해 다니도록, 그리고 '프레더릭에게 죽음을'이라는 구호도 '필킹턴에게 죽음을'로 바꾸어 외치도록 지시받았다. 나폴레옹은 프레더릭이 동물 농장을 습격할 것이라는 소문은 전적으로 거짓이며, 프레더릭이 동물들을 잔인하게 학대한다는 것도 지나치게 과장된 얘기라고 말했다. 이 모든 소문들은 아마도 스노우볼과 그의 하수인들이 지어낸 것이라고 했다. 스노우볼은 핀치필드 농장에 숨어 있던 게 아니었고, 사실 평생 그 농장에 발 한 번 디딘 적도 없음이 밝혀졌다. 그가 머물고 있는 곳은 다름 아닌 폭스우드 농장이고, 그곳에서 스노우불은 여러 해 전부터 필킹턴에게서 연금을 받으며 무척 사치스런 생활을 하고 있다고 했다.

돼지들은 나폴레옹의 놀라운 기지에 열광했다. 필킹턴과 가까운 사이인 것처럼 보임으로써 프레더릭이 목재 값을 십이 파운드나 더 많이 지불하도록 만들었기 때문이다. 스퀼러에 따르면, 나폴레옹은 아무도 진심으로 신뢰하지 않았다. 그것이 바로 그의 남다른 탁월함이었다. 나폴레옹은 프레더릭도 그다지 신뢰하지 않았다. 프레더릭은 목재 값을 수표로 지불하고 싶어 했다. 수표란 그 위에 쓰인 금액을 나중에 지불하겠다는 약속을 의미하는 종이 쪼가리에 불과한데, 한 수 위인 나폴레옹은 그 꾀에 넘어가지 않았다. 그는 목재 대금은 반드시 오 파운드짜리 지폐로 지불하되, 목재를 가져가기 전에 지불하도록 요구했다. 프레더릭은 그렇게 돈을 모두 지불했고, 그 돈은 풍차에 설치할 기계를 사는 데 충분했다.

목재는 빠른 속도로 수레에 실려 나갔다. 그 일이 다 끝나자 동물들은 또다시 헛간에서 모임을 가졌다. 프레더릭이 지불한 지폐를 구경하기 위해서였다. 두 개의 훈장을 단 나폴레옹이 연단 위의 짚방석에 자리를 잡고 만족스러운 듯이 웃고 있었다. 농장 저택의 주방에서 가져온 도자기 접시 하나가 그의 옆에 놓여 있었고, 그 위에는 지폐가 가지런히 쌓여 있었다. 동물들은 줄을 지어 천천히 지나가며 돈이 수북한 접시를 구경했다. 복서가 지폐에 코를 대고 킁킁대자, 콧김을 받은 얇고 하얀 종이돈들이 살짝 흔들리며 바스락거렸다.

사흘 후에 엄청난 소란이 일어났다. 윔퍼가 거의 죽은 사람처럼 창백한 얼굴로 자전거를 타고 달려오더니 그것을 마당에 내팽개치다시피 하고는 곧장 농장 저택으로 뛰어들어갔다. 다음 순간, 분노로 숨이 넘어갈 듯한 고함소리가 나폴레옹의 거처에서 뿜어져 나왔다. 사건의 진상이 들불처럼 빠르게 농장 전체로 퍼졌다. 그 지폐들이 가짜였던 것이다! 프레더릭이 돈 한 푼 들이지 않고 목재를 가로채버린 것이다!

즉시 동물들을 불러 모은 나폴레옹은 무시무시한 목소리로 프레더릭에게 사형선고를 내린다고 선포했다. 잡히는 즉시 그를 산 채로 끓는 물에 처넣을 것이라고 했다. 나폴레옹은 또한 이 같은 반역 행위 다음에는 최악의 사태가 뒤따를 수 있다고 동물들에게 경고했다. 프레더릭과 그의 일당이 머지않아 마침내 동물 농장을 습격할지도 모른다는 것이었다. 농장으로 통하는 모든 길목에 감시원들이 배치되었다. 네 마리 비둘기들은 화해의 메시지를 들고 폭스우드 농장으로 파견되었다. 필킹턴과의 관계를 회복하려는 의도에서였다.

바로 그 이튿날 아침, 습격이 시작되었다. 동물들이 아침식사를 하고 있을 때 감시원들이 달려오더니, 프레더릭과 그의 하수인들이 빗장 다섯 개가 달린 정문을 뚫고 이미 농장 안으로 들어왔다고 전했다. 동물들은 적들과 대적하기 위해 용감무쌍하게 출격했다. 하지만 이번에는 '외양간 전투'에서처럼 쉽게 승리하지 못했다. 열다섯 명의 인간들이 있었는데, 그중 여섯 명이 총으로 무장하고 있었다. 그들은 동물들과의 거리가 오십 미터쯤으로 좁혀지자마자 총을 쏘아대기 시작했다. 동물들은 그 끔찍한 포성과 살을 찌르는 총알에 정면으로 대적할 수 없었다. 그리하여 계속해서 그들을 규합하려는 나폴레옹과 복서의 필사적인 노력에도 동물들은 곧 풍비박산이 되어 달아났다. 그들은 농장 건물들 안으로 피신한 뒤, 벽 틈새나 옹이구멍을 통해 조심스레 밖을 내다보았다. 풍차를 비롯하여 목장 전체가 적에게 장악되어 있었다. 나폴레옹은 무척 당황한 듯했다. 그는 말 한마디 없이 계속 왔다 갔다 하기만 했다. 뻣뻣해진 그의 꼬리는 경련하듯 연신 실룩였고, 간절한 눈초리는 폭스우드 농장 쪽으로 힐끔힐끔 향했다. 필킹턴과 그의 일꾼들이 도우러 온다면 적을 물리칠 수도 있을 터였다. 그때 전날 파견되었던 비둘기 네 마리가 돌아왔다. 그중 한 마리는 필킹턴이 보낸 종이쪽지를 물고 있었다. 쪽지에는 연필로 이렇게 쓰여 있었다. '쌤통이군.'

한편, 프레더릭과 그 일당은 풍차 부근에서 멈춰 서 있었다. 그들을 바라보던 동물들에게서 절망의 신음소리가 새어나왔다. 두 남자가 쇠지레와 커다란 망치를 들고 있었다. 풍차를 부숴버릴 작정인 듯했다.

"그건 안 될걸!" 나폴레옹이 소리 질렀다. "우리가 풍차 벽을 얼마나 두껍게 쌓았는데. 일주일이 걸려도 부수지 못할 게야. 용기를 내라고, 동지들!"

하지만 벤저민은 남자들의 움직임을 유심히 지켜보았다. 망치와

쇠지레를 든 두 남자가 풍차의 밑동 근처에 구멍을 뚫고 있었다. 아주 천천히, 게다가 마치 재미있기라도 한 양 벤저민이 그의 긴 주둥이를 끄덕였다.

"내 생각이 맞았군." 그가 말했다. "저자들이 뭘 하고 있는지 보이나? 잠시 후에 저들은 저 구멍 속에 화약을 잔뜩 집어넣을 거야."

공포에 질린 동물들은 꼼짝하지 않고 기다렸다. 위험을 무릅쓰고 지금 건물 밖으로 나갈 수도 없는 일이었다. 몇 분 후에 남자들이 산지사방으로 몸을 피하는 모습이 보였다. 그런 다음에 곧 엄청난 굉음이 들렸다. 비둘기들은 허공으로 튀어 올랐고, 나폴레옹을 제외한 다른 모든 동물들은 바닥에 납작 엎드려 얼굴을 숨겼다. 그들이 몸을 일으켰을 때는 거대한 구름 같은 검은 연기가 풍차가 서 있던 곳을 뒤덮고 있었다. 산들바람이 불어오면서 서서히 연기를 거두었다. 풍차는 더 이상 그곳에 없었다!

풍차가 사라진 것을 보자, 동물들에겐 투지가 불끈 되살아났다. 잠시 전까지 그들을 사로잡고 있었던 공포와 절망은 인간들의 이처럼 야비하고 비열한 행위에 대한 치 떨리는 분노에 밀려 사라졌다. 복수를 외치는 함성이 터져 나왔다. 명령이고 뭐고 기다릴 새도 없이, 동물들은 일제히 앞으로 튀어 나가 적을 향해 돌진했다. 이번 만큼은 우박처럼 빗발치는 총알에도 전혀 개의치 않았다. 처절한 전투였다. 인간들은 총을 쏘고, 또 쏘았다. 동물들이 가까이 다가오자 그들은 막대기와 구둣발을 휘둘렀다. 젖소 한 마리와 양 세 마리와 거위 두 마리가 죽임을 당했고, 거의 모든 동물이 부상을 입었다. 맨 뒤에서 작전을 지휘하던 나폴레옹까지도 꼬리 맨 끝 부분이 총에 맞아 잘려나갔다. 인간들도 무사한 건 아니었다. 복서가 휘두른 발굽에 맞아 세 명의 인간이 머리가 깨졌고, 또 다른 한 명은 젖소의 뿔에 배를 찔렸으며, 또 한 명은 제시와 블루벨에게 물어 뜯겨 바지가 거의 찢겨나갔다. 그때였다. 나폴레옹의 경호를 맡은 아홉 마리 개들이 사납게 짖어대며 갑자기 측면에서 튀어나왔다. 개들은 생울타리 아래로 몸을 숨겨 우회해서 접근하도록 나폴레옹에게서 미리 지시를 받았었다. 개들이 나타나자 인간들은 공포에 질려버렸다. 그들은 자신들이 곧 완전히 포위될 처지에 놓였음을 감지했다. 프레더릭은 도망칠 수 있을 때 빨리 도망치자고 부하들에게 소리쳤다. 겁을 잔뜩 집어먹은 인간들은 꽁지 빠지게 달아났다. 동물들은 그들을 농장 끝까지 쫓아갔고, 가시덤불 생울타리 틈으로 빠져나가는 그들에게 몇 차례 마지막 발길질을 날렸다.

동물들은 승리했다. 하지만 몹시 지쳤고, 피투성이 상태였다. 그들은 천천히 절뚝거리며 농장으로 향했다. 죽은 동지들의 시체가 풀밭에 나뒹굴고 있는 모습을 보며 몇몇은 눈물을 흘렸다. 풍차가 서 있던 곳에 이르자 그들은 비통한 침묵 속에 잠시 멈춰 섰다. 그랬다. 풍차는 사라졌다. 죽을힘을 다해 짜냈던 마지막 땀방울이 그렇게 사라진 것이다! 풍차의 밑동도 상당 부분 파괴되었다. 풍차를 다시 짓는다 해도, 이번에는 무너진 돌을 다시 사용할 수 없었다. 돌들이 모두 사라지고 없었기 때문이다. 폭발의 위력이 워낙 강해서 돌들이 수백 미터 밖까지 날아가 버린 것이다. 풍차라는 것이 애당초 그곳에 있었던 것 같지도 않은 모습이었다.

농장 안으로 들어오자, 전투할 당시에는 모습을 찾을 수 없었던 스퀼러가 팔짝팔짝 뛰며 동물들에게 다가왔다. 그는 만족스러운 듯 꼬리를 좌우로 흔들며 환하게 웃었다. 농장 건물 쪽에서 장대한 총포 소리가 들렸다.

"왜 총을 쏘는 거죠?" 복서가 말했다.

"우리의 승리를 축하하기 위해서죠!" 스퀼러가 소리쳤다.

"무슨 승리요?" 복서가 말했다. 그의 무릎에선 피가 흐르고 있었다. 편자 하나를 잃었고, 발굽 하나는 쪼개지기까지 했다. 뿐만 아니라 그의 뒷다리에는 열두 개의 총알이 박혀 있었다.

"무슨 승리라뇨, 동지? 적을 우리 땅에서 몰아내지 않았습니까? 동물 농장의 신성한 땅에서요."

"하지만 그들이 풍차를 파괴해버렸잖아요. 그걸 짓느라 꼬박 두 해를 바쳤는데 말입니다!"

"뭐가 문젭니까? 우린 또다시 풍차를 지을 겁니다. 우리가 원한다면 풍차를 여섯 채라도 지을 겁니다. 당신은 우리가 이룬 거대한 업적을 과소평가하는군요, 동지. 적들은 지금 우리가 서 있는 이 땅을 점령했었습니다. 하지만 보십시오. 나폴레옹 동지의 지도력 덕분에 우리의 땅을 한 치도 남김없이 모두 되찾지 않았습니까!"

"그러니까, 우리가 예전에 가졌던 걸 다시 갖게 되었다는 말이군요." 복서가 말했다.

"그것이 바로 우리의 승리입니다." 스퀼러가 말했다.

동물들은 다리를 절며 마당 안으로 들어섰다. 박힌 총알들 때문에 복서의 다리가 몹시 욱신거렸다. 그는 처음부터 다시 풍차를 건설하는 데 들어갈 엄청난 노동을 떠올렸다. 그의 머릿속에선 이미 그 일을 할 준비가 되어 있었다. 하지만 그의 나이도 어느덧 열한 살이었다. 자신의 튼튼한 근육도 이제 예전만 못하리라는 생각이 처음으로 엄습했다.

초록 깃발이 휘날리는 모습을 보며, 총 일곱 발의 축포 소리를 들으며, 또 모두의 공로를 치하하는 나폴레옹의 연설을 들으며, 동물들은 그들이 장대한 승리를 거둔 것이 분명하다고 생각하게 되었다. 전투에서 사망한 동물들을 위해 엄숙한 장례가 치러졌다. 복서와 클로버가 영구 마차를 끌었고, 나폴레옹은 장례 행렬의 선두에 서서 걸었다. 승리를 축하하는 행사가 꼬박 이틀 동안 벌어졌다. 노래와 연설이 이어졌고, 축포도 더 쏘았다. 모든 동물에게는 사과 한 개가, 새들에게는 옥수수 두 온스*가, 개들에게는 비스킷 세 개가 특별 선물로 하사되었다. 프레더릭 일당과 치른 그 전투는 '풍차 전투'라고 명명되었고, 나폴레옹은 '초록 배너 훈장'이라는 새 훈장을

---

* ounce. 상용 온스는 1파운드의 16분의 1로, 28.35그램에 해당한다.(옮긴이)

만들어 스스로에게 달아주었다. 기쁨에 들뜬 분위기 속에서 뼈아픈 가짜 지폐 사건은 잊혀졌다.

돼지들이 농장 저택의 지하실에서 위스키 상자를 발견한 것은 그로부터 며칠 후였다. 저택을 처음 접수했을 당시에는 무심히 지나쳤던 상자였다. 그날 밤, 농장 저택 안에서 시끌벅적한 노랫소리가 흘러나왔다. 놀랍게도 그 노래엔 〈영국의 짐승들〉의 선율이 섞여 있었다. 밤 아홉 시 반쯤 존스의 낡은 중산모를 쓴 나폴레옹이 뒷문을 열고 나와 마당을 한 바퀴 껑충껑충 달리더니 다시 집 안으로 사라지는 모습이 목격되었다. 하지만 다음 날 아침이 되자 저택에는 깊은 고요가 감돌았다. 그 어느 돼지도 옴짝달싹하지 않았다. 스퀼러가 모습을 드러낸 것은 거의 아홉 시가 다 되어서였다. 그의 걸음걸이는 기운이 쭉 빠진 듯 느릿느릿했고 눈동자는 흐릿했으며 꼬리는 엉덩이에 힘없이 매달려 있었다. 어느 모로 보나 몸이 어지간히 아픈 모습이었다. 동물들을 불러 모은 뒤, 그는 아주 좋지 않은 소식이 하나 있다고 말했다. 나폴레옹 동지가 죽어간다는 것이었다!

비탄의 탄성이 터져 나왔다. 저택 문밖에 짚단이 깔렸고, 동물들은 발끝으로 살살 걸었다. 눈물을 가득 머금은 채, 그들은 지도자가 자신들 곁을 떠나면 어찌 해야 하는지를 서로서로 물었다. 스노우볼이 나폴레옹의 음식에 독을 넣었다는 소문이 돌았다. 열한 시가 되자 스퀼러가 나와서 또 다른 발표를 했다. 나폴레옹이 이승에서 자신이 내릴 마지막 중대 조치를 선포하는 바, 앞으로 술을 마시는 행위는 사형으로 다스려질 것이라고 했다.

그러나 저녁 무렵이 되자 나폴레옹은 조금 나아진 듯했다. 다음 날 아침에 스퀼러는 나폴레옹이 많이 회복되고 있다고 동물들에게 알렸다. 그날 저녁에 나폴레옹은 다시 집무를 보기 시작했고, 그 다음 날에는 윔퍼를 시켜 윌링던에 가서 알코올 양조법과 증류법에 관한 책자 몇 권을 사오도록 했다는 얘기가 들렸다. 일주일이 지나자 나폴레옹은 과수원 뒤 작은 방목지를 쟁기질하도록 지시했다. 원래 그 땅은 나이가 너무 들어서 일할 수 없게 된 동물들을 위한 방목지로 사용하고자 남겨두기로 했던 곳이었다. 나폴레옹은 그곳의 목초가 너무 고갈되었으므로 다시 씨를 뿌려야 한다고 했다. 하지만 곧 밝혀진 바에 따르면, 나폴레옹은 그 땅에 보리를 심을 작정이었다.

그즈음 도무지 이해할 수 없는 이상한 사건이 하나 발생했다. 어느 날 밤 열두 시경에 마당에서 쾅 하는 큰 소리가 들렸고, 동물들은 허겁지겁 축사 밖으로 달려 나왔다. 달빛 가득한 밤이었다. 헛간 끝 벽의 아랫부분, 즉 칠계명이 쓰여 있던 그 벽 아래에 사다리 하나가 두 동강이 난 채 부서져 있었다. 그 옆에는 스퀼러가 잠시 기절한 채 대大자로 뻗어 있었다. 호롱불과 페인트 붓과 뒤집힌 하얀 페인트 통도 보였다. 개들이 곧장 스퀼러 주변을 에워싸더니, 그가 정신을 차리고 일어서자마자 그를 농장 저택으로 호위해 갔다. 동물들은 방금 그 장면이 무엇을 의미하는지 도저히 알 수 없었다. 벤저민만은 예외였다. 그는 무슨 일인지 안다는 표정으로 주둥이를 끄덕였다. 상황을 파악하고 있는 듯했지만 아무 말도 하지 않았다.

그러나 며칠 후, 혼자서 칠계명을 읽어 내려가던 뮤리엘은 그중 또 한 계명을 동물들이 잘못 기억하고 있다는 것을 발견했다. 동물들은 다섯 번째 계명을 '어떤 동물도 술을 마셔서는 안 된다'로 기억하고 있었지만, 지금 그 계명에는 그들의 기억에 없는 두 단어가 더 들어 있었다. 계명은 이러했다. "어떤 동물도 술을 '너무 많이' 마셔서는 안 된다."

제9장

　복서의 쪼개진 발굽이 완치될 때까지는 오랜 시간이 걸렸다. 승전勝戰 축하 행사를 치른 바로 다음 날부터 동물들은 풍차 재건 작업을 시작했다. 복서는 단 하루도 쉬기를 거부하며 일했고, 자신이 고통을 겪고 있음을 남에게 보이지 않는 것이 명예롭다고 생각했다. 발굽이 너무 아프다는 얘기는 저녁 무렵이 되어서야, 그것도 클로버에게만 살짝 털어놓았다. 클로버는 직접 씹어서 다진 약초로 복서의 발굽을 찜질해주었다. 그녀와 벤저민은 복서에게 조금만 덜 열심히 일하라고 간곡히 일렀다. 클로버는 복서에게 "말의 허파라고 영원히 튼튼한 건 아니잖아"라고 말했지만 복서는 그 말을 듣지 않았다. 그는 자신에게 남은 바람은 오직 한 가지, 즉 그가 은퇴하기 전에 풍차가 돌아가는 모습을 보는 것뿐이라고 했다.

동물 농장의 법률이 처음 제정될 때, 각 동물들의 퇴직 연령도 정해졌었다. 말과 돼지는 열두 살, 젖소는 열네 살, 개는 아홉 살, 양은 일곱 살, 암탉과 거위는 다섯 살이었다. 노령 연금도 꽤 넉넉한 수준으로 합의되었었다. 아직은 퇴직하여 연금을 받는 동물이 없었지만 최근 들어 퇴직에 관한 이야기가 점점 더 자주 입에 오르내리고 있었다. 이제 과수원 너머 작은 들에는 보리를 심기로 했으니, 넓은 목초지 한구석에 울타리를 세워 은퇴한 동물들을 위한 방목장을 마련할 것이라는 소문이 돌았다. 소문에 따르면, 은퇴한 말 한 마리당 하루에 옥수수 오 파운드*가 연금으로 지급될 것이고, 겨울에는 건초 십오 파운드가 제공될 것이었다. 경축일엔 당근 한 개나 사과 한 개를 받을 것이었다. 이듬해 늦여름이면 복서도 열두 살이 된다.

어쨌거나 삶은 여전히 고됐다. 겨울은 작년만큼이나 추웠고, 식량은 작년보다 훨씬 적었다. 또다시 식량 배급량이 줄어들었다. 물론 돼지들과 호위견들의 식량은 그대로였다. 식량 배급에 있어서 평등의 원칙을 지나치게 엄격히 적용하는 것은 동물주의에 위배된다고 스퀼러는 설명했다. 그는 식량이 부족한 것처럼 보이지만 그건 사실이 아니라고 그럴듯하게 설명했다. 식량이 부족해서가 아니라 당분간 배급량을 재조정할 필요가 있을 뿐이라고 했다(스퀼러는

---

* pound. 1파운드는 약 453.592그램에 해당한다.(옮긴이)

'축소'라는 단어 대신에 언제나 '재조정'이라는 단어를 사용했다). 그러나 재조정을 하더라도 존스 시절보다는 훨씬 더 많은 양이라고 강조했다. 그는 날카롭고 빠른 목소리로 숫자들을 읽어 내려가며, 존스 시절보다 더 많은 귀리와 더 많은 건초와 더 많은 순무가 있다는 것, 근로 시간이 더 적다는 것, 유아 생존율이 더 높아졌다는 것, 더 많은 짚단을 깔고 잔다는 것, 벼룩 때문에 덜 고생한다는 것 등을 상세히 증명했다. 동물들은 스퀼러의 말 한마디 한마디를 모두 믿었다. 솔직히 말하자면, 존스에 대한 기억도 존스 시절의 삶이 어떠했는지에 대한 기억도 거의 사라진 상태였다. 그들은 지금의 삶이 무척 헐벗고 고되다는 것, 종종 끼니를 굶기도 하고 추위에 떨기도 한다는 것, 잠자지 않는 시간의 대부분은 노동을 하면서 보낸다는 것을 잘 알고 있었다. 하지만 예전에는 필시 상황이 이보다 훨씬 열악했던 모양이었다. 그렇게 믿으며 동물들은 기뻐했다. 게다가 예전에는 그들이 모두 노예였지만 지금은 자유로운 신분이란다. 스퀼러가 늘 강조하듯, 이는 어마어마한 차이가 아닐 수 없었다.

이젠 먹여야 할 입도 꽤 많이 늘어난 상태였다. 가을에 암퇘지 네 마리가 거의 동시에 새끼를 낳았는데, 모두 합해서 서른한 마리나 되었다. 새끼돼지들은 얼룩무늬를 갖고 있었는데, 농장에서 거세되지 않은 수퇘지는 나폴레옹뿐이라는 사실을 고려할 때, 그들의 아비가 누군지는 어렵지 않게 짐작할 수 있었다. 장차 벽돌이며 목재를 사들여 농장 저택의 앞뜰에 교실을 지을 것이라는 발표가 있었다. 그때까지는 나폴레옹이 직접 저택의 주방에서 새끼돼지들을 지도할 것이라 했다. 새끼돼지들은 주로 앞뜰에서 뛰어놀았고, 다른 동물들의 새끼들과는 어울려 놀지 말라는 주의를 받았다. 좁은 통로에서 돼지와 다른 동물이 마주치면 다른 동물이 비켜서야 한다는 규정이 만들어진 것도 이때쯤이었다. 서열과 상관없이 모든 돼지들은 일요일엔 초록 리본을 꼬리에 달고 다닐 특권도 갖게 되었다.

농장은 꽤 성공적인 한 해를 보냈지만 돈은 여전히 부족했다. 교실을 짓기 위해 벽돌과 모래와 석회를 구입해야 했고, 풍차에 설치할 기계를 살 돈도 모으기 시작해야 했다. 저택에서 사용할 등유와 양초, 나폴레옹의 식탁에 놓을 설탕도 사야 했다(나폴레옹은 다른 돼지들에겐 설탕을 금지했다. 뚱뚱해진다는 이유에서였다). 각종 연장, 못, 끈, 석탄, 전선, 고철, 개 비스킷 등과 같이 상시적으로 채워 넣어야 하는 물건들도 많았다. 수확한 감자와 건초 일부를 팔았고, 달걀 납품량은 주당 육백 개로 늘었다. 이 때문에 그해 암탉들은 겨우 당시 닭의 개체 수를 유지할 정도의 병아리만 부화시킬 수 있었다. 12월에 줄어든 식량 배급량은 2월에 또 한차례 줄었고, 축사에서 호롱불 켜는 행위가 금지되었다. 기름을 절약한다는 이유에서였다. 반면에 돼지들의 생활은 꽤 안락해 보였다. 몸무게까지 늘었을 정도였다. 2월 말의 어느 날 오후, 뭔가 따듯하고, 진하고, 입안에 침까지 흥건히 고이게 하는 냄새가 풍겨 나왔다. 동물들로선 전에는 한 번도 맡아보지 않은 냄새였다. 그 냄새는 맥주 양조장에서 나와 마당을 가로질러 농장 안을 흘러 다녔다. 주방 뒤편에 있던 그 양조장은 존스 시절에도 사용되지 않았었다. 보리를 찌는 냄새라고 누군가가 말했다. 동물들은 허기진 듯 허공에 코를 대고 킁킁 냄새를 맡으며, 오늘 저녁에는 따뜻한 보리죽을 먹을 수 있을지도 모른다 싶어 마음이 설렜다. 하지만 따뜻한 보리죽은 나오지 않았다. 그 주 일요일에 앞으로 모든 보리는 돼지들의 식량으로만 소비될 것이라는 발표가 났다. 과수원 뒤쪽의 들판에는 이미 보리가 심어져 있었다. 모든 돼지들에게 매일 맥주 한 파인트*가 배급된다는 소문이 새어나왔다. 나폴레옹은 무려 반 갤런**의 맥주를 크라운 더비 수프 잔에 담아 마신다고 했다.

힘들고 고달프지만 지금의 삶이 그래도 과거의 삶보다 훨씬 더 낫고 품위 있다는 사실은 그 고달픔을 어느 정도 상쇄해주었다. 더 많은 노래와, 더 많은 연설과, 더 많은 행진이 행해졌다. 나폴레옹은 일주일에 한 번씩 '자발적 집회'라는 명칭의 행사를 개최하도록 명령했다. 동물 농장의 투쟁과 승리를 기념할 목적이라고 했다. 지정된 시간이 되면 동물들은 잠시 일손을 놓고 군대식으로 도열한 뒤 농장의 각 구역을 행진했다. 돼지들이 앞에 섰고, 그 뒤에는 말, 젖소, 양, 가금류 순으로 섰다. 돼지들은 대열의 측면에서, 그리고 나

---

* pint. 1파인트는 약 0.57리터이다.(옮긴이)
** gallon. 1갤런은 약 3.8리터이다.(옮긴이)

폴레옹의 검은 수탉은 전체 대열의 맨 앞에서 행진했다. 복서와 클로버는 초록색 플래카드를 양옆에서 들고 행진하는 역할을 맡았다. 발굽과 뿔 문양이 그려진 그 플래카드에는 '나폴레옹 동지여, 만수무강하소서!'라는 글귀가 쓰여 있었다. 행진이 끝나면 나폴레옹을 칭송하는 시들을 암송하는 시간을 보냈으며, 이어서 스퀼러가 최근의 식량 증산 성과를 조목조목 발표했다. 이따금 존스의 총으로 축포도 발사했다. 양들은 '자발적 집회'에 가장 열성을 보였다. 누군가가 집회는 시간 낭비이며 추위 속에서 한참을 서 있는 것이 힘들다고 불평이라도 하면(몇몇 동물들은 돼지나 개가 주변에 없을 때 이따금 불평을 하곤 했다), 양들이 재빨리 나서서 "네 다리는 좋고, 두 다리는 나쁘다!"라고 외치며 그의 입을 막았다. 그러나 동물들은 대체로 이러한 행사를 즐겼다. 그들이 자신들의 주인이라는 것, 그리고 그들이 그토록 힘들여 일하는 것은 결국 자신들을 위해서라는 사실을 자주 되새기니 제법 위로가 되었다. 노래와, 행진과, 스퀼러의 각종 숫자 목록들과, 천둥 같은 축포 소리와, 검은 수탉의 울음소리와, 깃발의 펄럭임. 이 모든 것들 속에서 동물들은 잠시나마 자신들의 허기진 배를 잊을 수 있었다.

4월에 동물 농장은 공화국으로 선포되었고, 대통령도 뽑았다. 유일한 후보였던 나폴레옹이 만장일치로 당선되었다. 같은 날, 스노우볼이 존스와 내통했음을 폭로하는 새로운 기록들이 발견되었다는 소식이 공표되었다. 기록에 따르면, 동물들이 예전에 생각했던 바와

달리 '외양간 전투' 당시 스노우볼은 은근히 패배를 유도하려 한 것이 아니라 노골적으로 존스의 편에서 싸웠다. 농장에 쳐들어온 인간들을 진두지휘한 것은 바로 스노우볼이었고, "인간들 만세!"라고 자신의 입으로 외치며 전투를 시작했다. 그는 스노우볼이 등에 부상을 입은 건(몇몇 동물들은 그의 상처를 보았다고 아직도 기억하고 있었다) 나폴레옹이 이빨로 물어뜯었기 때문이었다.

한여름이 되었다. 몇 년 동안 종적을 감췄던 까마귀 모세가 홀연히 농장에 다시 나타났다. 그는 거의 변한 것이 없었다. 여전히 일을 하지 않았고, 슈가캔디 마운틴에 대한 똑같은 장광설을 늘어놓았다. 그는 나무 그루터기에 홰를 틀고 앉아 날개를 퍼덕이며, 자기 말에 귀를 기울이는 이라면 누구한테라도 몇 시간씩 쉬지 않고 말했다. "저 위야, 동지들." 그는 커다란 부리로 하늘을 가리키며 엄숙하게 말했다. "저기 저 위, 그러니까 동지들 눈에 보이는 저 검은 구름 건너편에 바로 슈가캔디 마운틴이 있어. 우리처럼 불쌍한 동물들이 노동에서 벗어나 영원히 안식을 찾을 수 있는 행복한 나라라고!" 그는 아주 높이 하늘을 날다가 그곳에 한 번 가본 적이 있다고 주장했다. 사시사철 토끼풀이 즐비한 그곳의 들판과, 생울타리마다 자라고 있는 아마씨 깻묵과 각설탕을 자신의 두 눈으로 직접 보았다고 했다. 상당수 동물들이 모세의 말을 믿었다. 지금의 삶은 너무 허기지고 힘들다, 이건 문제가 있다, 틀림없이 어딘가에 더 나은 세상이 존재할 것이다, 라고 그들은 생각했다. 그렇지만 그들을 망설

이게 만든 것은 모세에 대한 돼지들의 태도였다. 돼지들은 모두 입을 모아 모세를 경멸했고, 슈가캔디 마운틴에 대한 모세의 이야기는 새빨간 거짓말이라고 선언했다. 그러면서도 돼지들은 모세가 아무 일도 하지 않으면서 농장에서 지내는 것을 허락했다. 심지어 날마다 그에게 맥주 한 잔까지 제공했다.

부상당한 발굽이 다 낫자, 복서는 그 어느 때보다 더 열심히 일했다. 사실 그해에는 모든 동물들이 노예처럼 일했다. 농장 일과 풍차 짓는 일 외에도 3월부터는 새끼돼지들이 사용할 교실도 지어야 했다. 덜 먹으면서 더 많이 일하니 때로는 견딜 수 없을 만큼 녹초가 되기도 했다. 하지만 복서는 결코 흔들리지 않았다. 말하거나 일하는 모습에서는 그의 체력이 예전만 못하다는 티가 전혀 나지 않았다. 살짝 변한 것이 있다면 그의 외모뿐이었다. 살갗은 예전만큼 윤기가 흐르지 않았고, 그토록 크고 튼실하던 둔부도 꽤 살이 빠졌다. 동물들은 "얼른 봄이 와서 신선한 풀을 먹고 나면 복서도 다시 살이 붙을 거야"라고 말했다. 그러나 봄이 와도 복서는 살이 붙지 않았다. 채석장의 돌을 언덕 위로 끌고 올라갈 때, 자신의 근육으로 커다란 돌덩이의 어마어마한 무게를 버텨야 할 때, 그를 지탱하는 것은 오로지 멈추면 안 된다는 일념 하나뿐인 듯했다. 그런 힘든 순간마다 "난 더 열심히 일할 거야"라고 말하는 듯 그의 입술이 움직였다. 하지만 소리 내어 그 말을 할 힘은 남아 있지 않았다. 클로버와 벤저민이 다시 한 번 복서에게 건강을 챙기라고 타일렀지만, 그는 듣는 둥 마는 둥할 뿐이었다. 그의 열두 번째 생일이 다가오고 있었다. 그는 은퇴하기 전까지 되도록 많은 돌을 모아놓고자 하는 것 외에는 아무 관심도 없었다.

여름날의 어느 늦은 저녁, 복서에게 심상치 않은 일이 생겼다는 소문이 삽시간에 농장 전체로 퍼졌다. 그는 혼자서 돌 한 무더기를 풍차로 옮기러 나갔었다. 소문은 사실이었다. 복서가 나간 지 몇 분이 지나서 비둘기 두 마리가 급히 날아와 소식을 전했다. "복서가 쓰러졌어요! 옆으로 누워서 일어나질 못해요!"

농장 동물들 중 거의 절반이 풍차 언덕으로 달려갔다. 복서는 수레의 끌대 사이에 몸이 끼인 채 쓰러져 있었다. 목은 축 늘어져 있었고 머리도 가누지 못했다. 두 눈은 흐릿했고 옆구리는 땀으로 홍건했다. 그의 입에선 한 줄기 가느다란 피가 흘러내렸다. 클로버가 복서 옆에 무릎을 꿇으며 주저앉았다.

"복서!" 그녀가 소리쳤다. "많이 아파?"

"내 허파가 다된 모양이야." 복서가 희미한 목소리로 말했다. "괜찮아. 내가 없어도 네가 풍차를 끝낼 수 있을 거야. 모아놓은 돌이 꽤 많아. 어차피 나는 일할 수 있는 날이 한 달밖에 남지 않았잖아. 사실 나는 은퇴할 날을 기다리고 있었어. 벤저민도 나이가 꽤 들었으니까, 아마 나와 같은 시기에 퇴직을 시켜줄지도 몰라. 내 벗이 되어줄 수 있도록 말이야."

"당장 도움이 필요해." 클로버가 말했다. "누가 스퀼러에게 달려

가서 상황을 알려주세요!"

모든 동물들이 농장 저택을 향해 뛰기 시작했다. 클로버와 벤저민만 그 자리에 남았다. 복서 옆에 앉은 벤저민은 아무 말 없이 그의 긴 꼬리로 복서 살갗에 맴도는 파리를 연신 쫓아내고 있었다. 십오 분쯤 후에 스퀼러가 나타났다. 동정과 염려의 표정이 얼굴에 가득했다. 그는 농장의 가장 충성스런 일꾼 중 하나에게 이런 불행한 일이 발생하여 나폴레옹 동지도 깊은 비탄에 빠져 있으며, 복서가 윌링던 읍내의 병원에서 치료받을 수 있도록 벌써 조치를 취하고 있다고 말했다. 이 말에 동물들은 심기가 편치 않았다. 몰리와 스노우볼 외에, 지금껏 농장을 벗어난 동물은 하나도 없었다. 게다가 병든 동지를 인간의 손에 맡겨놓으려는 생각 자체가 영 마음에 들지 않았다. 그러나 이번에도 역시 스퀼러는 동물들을 쉽게 설득했다. 복서는 농장에서보다 윌링던 동물병원의 외과의사에게서 훨씬 더 나은 치료를 받게 될 것이라고 했다. 삼십 분 정도가 지나자 복서의 상태는 조금 나아졌다. 그는 어렵사리 몸을 일으킨 뒤에 절뚝거리며 축사로 돌아왔다. 클로버와 벤저민이 복서의 침대에 짚단을 넉넉히 깔아주었다.

그 후 이틀 동안 복서는 자신의 축사에 머물렀다. 돼지들은 저택 화장실에 있던 약상자에서 발견한 커다란 분홍색 약병을 보냈고, 클로버는 그 약을 매일 두 번씩 식사 후에 복서에게 먹였다. 저녁이면 그녀는 복서의 축사에 함께 누워서 그와 이야기를 나눴다. 그동안 벤저민은 파리들이 복서에게 앉지 않도록 계속 쫓아주었다. 복서는 자신에게 일어난 일에 대해 그다지 언짢게 생각하지 않는다고 말했다. 회복만 잘하면 앞으로 삼 년은 더 살지도 모르며, 넓은 목초지 한구석에서 평화로운 시간을 보낼 그날이 기다려진다고 했다. 공부하고 징신을 살찌울 여가 시간을 갖는 것은 그에게 처음 있는 일이 될 것이었다. 그는 나머지 알파벳 스물두 개를 익히는 데 여생을 보낼 결심이라고 말했다.

그러나 벤저민과 클로버가 복서의 곁을 지킬 수 있는 시간은 일과가 끝난 저녁 시간뿐이었다. 짐마차 한 대가 와서 복서를 실어간 것은 한낮이었다. 동물들은 모두 돼지 한 마리의 감독 아래에서 순무밭의 잡초를 뽑는 일을 하고 있었다. 그때 벤저민이 농장 건물 쪽에서 뛰어오며 있는 힘을 다해 소리 지르는 모습이 눈에 띄었다. 동물들은 이만저만 놀란 게 아니었다. 벤저민이 그렇게까지 흥분한 모습을 보는 건 이번이 처음이었다. 그가 뜀박질하는 것 역시 처음 보는 일이었다. "빨리, 빨리!" 그가 소리쳤다. "빨리들 와보게! 그들이 복서를 데려가려고 해!" 돼지의 명령이고 뭐고 기다릴 사이도 없이, 동물들은 즉각 일을 멈추고 농장을 향해 전속력으로 달렸다. 아니나 다를까, 농장 마당에는 덮개를 내린 커다란 쌍두마차 한 대가 서 있었다. 마차 옆쪽엔 글씨 몇 자가 쓰여 있었고 운전석엔 가운데가 움푹 들어간 중산모를 쓴, 비열한 인상의 한 남자가 앉아 있었다. 복서의 축사는 텅 비어 있었다.

동물들은 마차 주위로 몰려들었다. "잘 가게, 복서!" 그들이 함께 외쳤다. "잘 가게나!"

"이 바보들아! 이 바보들아!" 발굽으로 땅바닥을 쳐대고 껑충껑충 뛰며 벤저민이 소리쳤다. "바보들 같으니! 자네들은 마차 옆에 쓰인 글자가 보이지도 않나?"

그 말에 동물들은 잠시 동작을 멈췄다. 쉿! 하는 소리도 들렸다. 뮤리엘이 글자를 읽으려는 순간, 벤저민이 그녀를 밀쳐내고 직접 읽기 시작했다. 죽음 같은 정적이 흘렀다.

"'앨프리드 시먼즈. 말 도살 및 동물성 아교 제조. 윌링턴 소재. 가죽 및 골분 매매. 개 사육.' 이게 무슨 뜻인지 아나? 복서를 도살업자에게 데려가는 거라고!"

동물들의 입에서 공포에 질린 탄성이 일제히 터져 나왔다. 그때 운전석의 남자가 말들에게 채찍을 휘둘렀다. 그러자 마차가 재빨리 움직이며 마당을 벗어나기 시작했다. 모든 동물들은 사력을 다해 소리를 지르며 그 뒤를 따랐다. 클로버가 선두에 섰다. 마차가 속력을 냈다. 클로버가 굵직한 다리로 힘껏 달려 나가더니, 마차 곁에 가까이 이르자 속도를 늦췄다. "복서!" 그녀가 울부짖듯 고함쳤다. "복서! 복서! 복서!" 그 순간, 코 밑에 하얀 줄이 있는 복서의 얼굴이 마차 뒤의 조그만 창문에 나타났다. 밖에서 나는 고함소리를 들은 모양이었다.

"복서!" 클로버가 무서운 목소리로 절규했다. "복서! 나와! 빨리 나와! 저들이 너를 죽이려 데려가는 거야!"

동물들이 모두 고함쳤다. "나와, 복서, 나와!" 그러나 속도가 붙은 마차는 이미 그들에게서 점점 멀어지고 있었다. 복서가 클로버의 말을 알아들었는지는 확실하지 않았다. 하지만 잠시 후에 그의 얼굴이 창문에서 사라지더니, 마차 안에서 엄청난 발굽 소리가 들려왔다. 복서가 마차에서 나오려고 발버둥치는 소리였다. 예전 같았으면 복서가 두세 번만 발길질을 해도 마차가 산산조각 부서졌을 것이었다. 그러나 이를 어쩌랴! 이제 그에겐 그럴 기력이 없었다. 잠시 후에 복서의 발굽 소리는 점차 희미해지더니 완전히 사라졌다. 절박해진 동물들은 마차를 끄는 두 마리 말에게 달려가 제발 마차를 멈춰달라고 간청했다. "동지들, 동지들!" 동물들이 외쳤다. "자네들의 형제를 도살장으로 데려가지 말아주게!" 그러나 무슨 일이 벌어지고 있는지 알 턱이 없는 두 말은 귀를 한껏 뒤로 당기며 더욱더 속도를 냈다. 복서는 창문에 얼굴을 다시 내비치지 않았다. 누군가가 정문에 달린 빗장 다섯 개를 닫으러 앞으로 달려갔다. 하지만 때는 너무 늦었다. 마차는 막 정문을 통과하여 길 아래쪽으로 빠르게 사라져버렸다. 복서는 두 번 다시 보이지 않았다.

사흘 뒤에 복서가 윌링던의 한 병원에서 죽음을 맞았다는 발표가 있었다. 말이 받을 수 있는 모든 치료를 받았지만 그렇게 되었다고 했다. 그 소식을 전한 것은 스퀼러였다. 그는 자신이 직접 복서의 임종을 지켰다고 말했다.

"그것은 제 생애에서 본 가장 감동적인 장면이었습니다!" 앞발을 들어 눈물을 닦으며 스퀼러가 말했다. "그가 숨을 거둔 바로 그 순간에 제가 옆에 있었습니다. 그는 너무 기운이 없어 말도 제대로 할 수 없었습니다. 풍차가 완공되기 전에 세상을 떠나는 게 슬플 뿐이라고, 제 귀에 대고 속삭이더군요. '전진하세요, 동지들!' 그가 이렇게 말했습니다. '반란의 이름 아래, 전진하세요. 동물 농장 만세! 나폴레옹 동지 만세! 나폴레옹 동지는 항상 옳습니다.' 이것이 그의 마지막 말이었습니다, 동지들."

거기까지 말하고는 스퀼러의 표정이 갑자기 변했다. 그는 아무 말 없이 의심스런 눈초리로 잠시 좌중을 빤히 둘러보았다. 그러고는 말을 이었다.

그는 복서가 농장 밖으로 실려 갈 당시에 모종의 어리석기 짝이 없고 사악하기까지 한 소문이 돌았다는 말을 들었다고 했다. 그는 복서를 싣고 간 마차에 '말 도살'이라는 글씨가 쓰여 있었다는 이유 하나만으로 몇몇 동물들이 복서가 도살업자에게 끌려간 것으로 성급히 단정한 모양인데, 그토록 멍청한 동물이 있다는 것이 믿어지지 않을 정도라고 말했다. 그는 꼬리를 찰싹찰싹 흔들고 좌우로 팔짝팔짝 뛰듯이 오가면서 그토록 모르느냐고, 친애하는 지도자 나폴레옹 동지를 그토록 모르느냐고, 분개한 듯 소리쳤다. 하지만 스퀼러의 해명은 아주 간단했다. 그 마차는 원래 어떤 도살업자가 소유했었는데, 수의사가 그것을 사들이고는 미처 글씨를 지우지 못했다는 것이다. 그 때문에 오해가 발생한 것이라고 했다.

동물들은 이 말을 듣고 크게 안도했다. 스퀼러는 복서의 임종에 대해 좀 더 구체적으로 묘사했다. 그가 얼마나 정성 어린 치료와 간호를 받았는지, 비용이 얼마나 들던 상관치 말라는 나폴레옹의 뜻에 따라 복서에게 얼마나 비싼 약품을 썼는지도 말했다. 그 말은 동물들에게 남아 있던 마지막 의구심도 모조리 없애버렸다. 복서가 그나마 행복하게 죽었다는 생각에, 동지를 잃은 동물들의 슬픔도 한껏 누그러졌다.

그 주 일요일 집회에 직접 모습을 나타낸 나폴레옹은 복서를 기념하는 짧은 연설을 했다. 죽은 동지의 시신을 농장에 가져와 매장하는 것이 불가능했으며, 대신 복서의 무덤에 놓도록 농장 저택의 정원에 있던 월계수 잎으로 커다란 화환을 만들어 보내라고 명령을 내렸다고 말했다. 며칠 후에 복서를 기념하기 위한 추모 연회를 열 계획을 세우는 중이라고도 했다. 나폴레옹은 복서가 좋아했던 두 개의 좌우명을 상기시키며 연설을 끝냈다. "난 더 열심히 일할 거야"와 "나폴레옹 동지는 언제나 옳다"였다. 다른 모든 동물들도 이 둘을 자신의 좌우명으로 삼으면 좋을 것이라는 말도 잊지 않았다.

추모 연회가 열리기로 한 날, 윌링던에 있는 어느 식료품상의 마차가 커다란 나무 상자 하나를 싣고 농장 저택에 도착했다. 그날 밤에 저택에서는 왁자지껄한 노랫소리가 들렸고, 뒤이어 심하게 다투는 소리 같은 것도 들렸다. 그 소란은 와장창 유리 깨지는 소리와 함께 열한 시쯤 끝났다. 다음 날 낮 열두 시가 다 되도록 농장 저택 안에선 아무 기척도 없었다. 돼지들에게 출처를 알 수 없는 돈이 생겼고, 그들이 그 돈으로 또다시 위스키 한 상자를 사들였다는 소문이 돌았다.

제10장

몇 해가 흘렀다. 계절은 오고, 또 갔다. 동물들의 짧은 삶도 도망치듯 빠르게 지나갔다. 클로버와 벤저민과 까마귀 모세와 돼지들을 제외하곤, 반란 이전의 시절을 기억하는 동물은 남아 있지 않았다.

뮤리엘은 죽었다. 블루벨, 제시, 핀처도 죽었다. 존스도 죽었다. 그는 먼 지방의 어느 술주정뱅이 시설에서 최후를 맞았다. 스노우볼은 잊혀졌다. 복서도 잊혀졌다. 알고 지내던 몇몇 동물들만 그를 기억할 뿐이었다. 클로버는 이제 뚱뚱하고 늙은 암말이 되었다. 관절도 뻣뻣해지고 눈에서는 찔끔찔끔 진물도 흘러내렸다. 은퇴할 나이를 두 살이나 넘겼지만, 사실상 어떤 동물도 실제로 은퇴한 사례는 없었다. 은퇴한 동물들을 위해 목초지 한구석을 배정하려던 계획은 취소된 지 오래였다. 완전한 장년이 된 나폴레옹은 몸무게가 백오십이 킬로그램이나 나갔다. 스퀼러는 살이 너무 찐 나머지 눈을 뜨기도 힘들 정도였다. 예전과 크게 달라지지 않은 건 늙은 벤저민뿐이었다. 주둥이 주변의 털이 좀 더 희끄무레하게 세고, 복서가 죽은 이후 좀 더 시무룩해지고 과묵해진 정도였다.

애당초 기대한 것만큼은 아니지만 농장 동물들의 수도 훨씬 많이 늘어났다. 그들 대부분에게 반란은 그저 구전으로 전해지는, 하나의 그저 그런 전통에 지나지 않았다. 나머지 동물들은 밖에서 사들여온 동물들로서 이 농장에 오기 전에는 반란에 대한 이야기를 들어본 적조차 없었다. 농장에는 이제 클로버 외에도 세 마리의 말이 있었다. 몸집이 아주 좋은 그들은 근로 의욕이 높고 충성스런 동지였지만 머리는 매우 우둔한 편이었다. 세 마리 모두 알파벳 B 이상은 끝내 깨칠 수 없었다. 그들은 반란에 대해서나 동물주의의 원리에 대해서 자신들이 들은 이야기를 모두 그대로 받아들였다. 특히 자신들이 거의 어머니처럼 우러러보는 클로버가 하는 이야기라면 더더욱 그랬다. 하지만 그들이 그 이야기들을 얼마나 이해했는지는 상당히 의심스러웠다.

농장은 전에 비해 번성했고, 더 잘 조직되어 있었다. 땅도 두 필지나 더 늘었다. 미스터 필킹턴에게서 사들인 땅이었다. 풍차도 마침내 성공적으로 완공되었고, 탈곡기와 건초 견인기도 들여놓았다. 건물도 여러 채가 신축되었다. 윔퍼는 개가 끄는 수레 한 대를 장만

했다. 그러나 풍차는 결국 전기를 생산하는 데 사용되지 않았다. 그 대신에 옥수수 방앗간으로 사용되어 짭짤한 수입을 거둬들였다. 지금 동물들은 또 다른 풍차를 짓느라 땀을 무진 흘리고 있었다. 그것이 다 완성되면 발전기가 설치될 것이라고 했다. 그렇지만 그 옛날 스노우볼이 동물들에게 꿈꾸라고 설파하던 여러 가지 안락한 생활 시설, 전깃불이 들어오고 냉온수가 나오는 숙소, 주 사흘 노동 등등은 더 이상 언급되지 않았다. 나폴레옹은 그런 것들은 동물주의 정신에 어긋난다고 강하게 비난했다. 그에 따르면, 가장 참된 행복은 열심히 일하고 검소하게 사는 것이었다.

어찌 된 영문인지 농장은 점점 더 부유해지는데 동물들은 전혀 부유해지지 않는 것 같았다. 물론 돼지와 개만 제외하고는 말이다. 어쩌면 돼지와 개의 수가 너무 많은 것이 한 가지 이유였을지도 모른다. 돼지와 개가 일하지 않았다는 말은 아니다. 스퀼러가 지치지도 않고 늘 말했듯이 농장을 감독하고 조직하는 데에는 막대한 노동이 필요했다. 다른 동물들은 너무 무지해서 도저히 이해할 수 없는 종류의 노동이었다. 예컨대 스퀼러는 돼지들이 '서류 작업' '보고서' '회의록' '비망록' 등등으로 불리는 불가사의한 일들을 하느라 매일매일 엄청난 시간의 노동을 한다고 말했다. 그에 따르면, 이 것들은 커다란 종잇장들로서 돼지들은 그 위에 글씨를 잔뜩 쓴 뒤 곧장 화덕에 던져 태워버렸다. 이는 농장의 안녕을 위해 너무도 중요한 업무라고 했다. 그렇다 하더라도, 돼지도 개도 스스로 노동하여 식량을 생산하는 것은 아니었다. 뿐만 아니라 그들은 숫자도 많았고 식욕도 엄청났다.

다른 동물들의 삶은 예전과 다르지 않았다. 늘 배가 고팠고, 지푸라기를 깐 채 잠잤고, 우물에서 물을 먹었고, 밭에서 일했다. 겨울엔 추위 때문에, 여름엔 파리 때문에 고생했다. 나이 든 동물들은 이따금 머리를 쥐어짜며 옛 기억을 더듬곤 했다. 존스가 축출된 직후인 반란 초창기의 그들의 삶이 지금보다 더 나았는지 혹은 나빴는지 기억해내고 싶어서였다. 하지만 도무지 기억이 나지 않았다. 그리하여, 그들에겐 지금의 삶과 비교해볼 준거가 아무것도 없었다. 스퀼러가 읊어대는 숫자들 외에는, 늘 모든 게 좋아지고 있다고만 하는 그 숫자들 외에는, 동물들의 판단을 도와줄 만한 것이 아무것도 없었다. 동물들은 자신들이 처한 상황은 해결될 수 없다고 생각했다. 어쨌거나 그런 문제에 대해 곰곰이 생각해볼 시간적 여유도 없는 터였다. 오직 벤저민만이 자신의 긴 생애 전체를 시시콜콜히 기억한다고 자신 있게 말했다. 그는 상황이 더 나아지지도 더 나빠지지도 않았으며, 앞으로도 결코 더 나아지거나 더 나빠지지 않을 거라고 했다. 굶주림과 중노동과 실망, 이 세 가지는 영원히 변치 않을 삶의 법칙이라고 그는 말했다.

그럼에도 불구하고 동물들은 희망을 포기하지 않았다. 더 나아가 그들은 동물 농장의 일원이라는 데 대한 자부심과 특권 의식을 단 한 순간도 잃은 적이 없었다. 그곳은 여전히 전국에서 유일하게 동물이 소유하고 동물이 운영하는 농장이었다. 영국 전체에서 말이다! 동물들 중 그 어느 누구도, 가장 어린 것조차도, 심지어 일이십 마일* 떨어진 농장에서 갓 사들여온 동물조차도, 이 점에 대해선 늘 감탄하기를 멈추지 않았다. 축포 쏘는 소리를 듣거나 깃대 꼭대기에서 펄럭이는 초록 깃발을 볼 때마다, 그들의 심장은 결코 식지 않는 자부심으로 부풀어 올랐다. 그럴 때면 늘 그 옛날 영웅적인 시절에 대한 이야기, 즉 존스를 쫓아낸 일이며 칠계명을 제정했던 일, 인간 침략자들을 무찔렀던 위대한 전투들에 관한 이야기로 꽃을 피우기 마련이었다. 옛 시절에 품었던 꿈 중 어느 것 하나도 버려지지는 않았다. 영국 땅 어디에서도 인간의 발길을 찾아볼 수 없을 그날에 대한 믿음, 올드 메이저가 예언한 그 '동물 공화국'에 대한 신념은 여전히 흔들리지 않았다. 언젠가는 그날이 오리라. 조만간 오지 않을 수도 있다. 지금 살아 있는 동물들이 다 죽을 때까지도 오지 않을 수 있다. 그래도 언젠가는 반드시 오리라. 〈영국의 짐승들〉은 여전히 여기저기서 비밀리에 불리곤 했다. 아무도 감히 큰 소리로 부르진 못했지만 그 노래를 모르는 동물은 하나도 없었다. 삶은 더없이 팍팍했고, 그들이 소망하는 바가 모두 이루어진 것도 아니었다. 하지만 그들은 자신들의 처지가 다른 동물들의 처지와 사뭇 다르다는 것을 잘 알고 있었다. 배는 고팠지만 그것은 압제자 인간

---

* mile. 1마일은 약 1.6킬로미터에 해당한다.(옮긴이)

들을 먹여 살려야 했기 때문이 아니었다. 힘들게 노동했지만 적어도 그것은 자기 자신들을 위해서였다. 그들 중 어느 누구도 두 다리로 걷지 않았다. 어느 누구도 다른 동물에게 '주인님'이라고 부르지 않았다. 모든 동물이 평등했다.

초여름의 어느 날이었다. 스퀼러가 양들로 하여금 자기를 따라오라고 명하더니, 농장의 반대편 끝에 있는 버려진 땅 한쪽으로 그들을 데려갔다. 그곳엔 자작나무 묘목들이 무성하게 자라고 있었다. 스퀼러의 감독 아래, 양들은 그곳에서 온종일 풀을 뜯어 먹었다. 저녁이 되자 스퀼러는 혼자서 농장 저택으로 돌아왔다. 날씨가 따뜻하므로 양들은 그냥 그 땅에 머물라고 말했다. 양들은 그곳에서 꼬박 일주일을 보냈다. 그 일주일 동안 양들을 본 동물은 하나도 없었다. 스퀼러는 하루의 대부분을 그곳에서 양들과 보냈다. 그는 그들에게 새로운 노래 한 곡을 가르치는 중이며, 어떤 노래인지는 아직 공개할 수 없다고 했다.

양들이 농장 안 숙소로 돌아온 직후의 일이었다. 아주 상쾌한 저녁이었고, 동물들은 막 일을 끝내고 농장 건물로 돌아오는 중이었다. 그때 공포에 질린 말 울음소리가 마당 쪽에서 들려왔다. 놀란 동물들은 걸음을 멈추었다. 그것은 클로버의 목소리였다. 또다시 그녀의 비명소리가 들리자, 동물들은 전속력을 내어 마당으로 달려갔다. 그리고 클로버가 본 것을 그들도 보았다.

돼지 한 마리가 두 뒷다리로 선 채 걷고 있었다.

그랬다. 그것은 스퀼러였다. 우람한 몸집을 그런 자세로 지탱하는 것이 무척 서툴고 어색해 보였지만, 중심은 완벽하게 잡고 있었다. 그는 그렇게 마당을 가로질러 걸어가고 있었다. 잠시 후에 농장 저택의 문을 열고 여러 마리 돼지들이 한 줄로 서서 나왔다. 모두가 두 다리로 걷고 있었다. 몇몇은 더 잘 걸었고, 한두 마리는 약간 불안정하여 지팡이라도 있어야 할 것 같았다. 하지만 돼지들은 모두 성공적으로 마당으로 걸어 나왔다. 뒤이어 개들의 엄청난 포효와 검은 수탉의 날카롭고 새된 소리가 들리더니, 마침내 나폴레옹이 나타났다. 그는 위풍당당하게 몸을 곧추세운 채, 거만한 시선으로 좌우를 둘러보며 걸었다. 개들이 그의 주위를 쉴 새 없이 뛰어다녔다.

그의 앞발에는 채찍 하나가 들려 있었다.

죽음 같은 침묵이 흘렀다. 놀람과 공포에 질려서 한데 엉겨 붙은 동물들은 돼지들이 일렬로 서서 천천히 마당을 돌며 행진하는 모습을 지켜보았다. 세상이 거꾸로 뒤집힌 느낌이었다. 잠시 후 충격이 약간 누그러질 무렵, 동물들은 뭔가 항의의 말을 하고자 했다. 개들의 무시무시한 위협에도 불구하고, 오랜 세월 동안 어떤 일이 일어나건 불평도 비판도 하지 않는 습관이 몸에 배어왔음에도 불구하고, 동물들은 이번만큼은 어떤 말로라도 이의 제기를 하고자 했다. 바로 그때였다. 마치 무슨 신호라도 받은 듯 모든 양들이 일제히, 엄청나게 큰 목소리로 매애매애거리며 구호를 외치기 시작했다.

"네 다리는 좋고, 두 다리는 '더 좋다'! 네 다리는 좋고, 두 다리는 '더 좋다'! 네 다리는 좋고, 두 다리는 '더 좋다'!"

무려 오 분 동안 양들은 쉼 없이 그 구호를 외쳤다. 그들이 잠잠해진 다음에도 항의할 기회는 없었다. 돼지들이 이미 농장 저택으로 돌아간 뒤였기 때문이다.

벤저민은 누군가가 자기의 어깨를 코로 부비는 것을 느꼈다. 뒤를 돌아보았다. 클로버였다. 그녀의 늙은 두 눈은 그 어느 때보다 흐릿해 보였다. 아무 말도 하지 않은 채, 그녀는 벤저민의 갈기를 부드럽게 잡아당기며 그를 헛간 끝으로 데려갔다. 칠계명이 쓰여 있는 곳이었다. 일이 분 동안 그들은 검게 타르 칠이 된 벽에 하얀 페인트로 쓴 글씨들을 유심히 바라보았다.

"제 시력이 많이 나빠졌어요." 클로버가 말했다. "젊었을 때도 이 글씨들을 읽지는 못했죠. 하지만 지금 이 벽이 확실히 예전과는 달라 보여요. 벤저민, 지금의 칠계명이 예전의 그것과 같나요?"

이번 한 번만은 벤저민도 자신의 원칙을 포기하기로 했다. 그는 클로버에게 벽에 쓰인 글을 소리 내어 읽어주었다. 지금 그곳엔 단 하나의 계명만 쓰여 있을 뿐이었다.

모든 동물은 평등하다.
그러나 어떤 동물은 다른 동물보다 더 평등하다.

다음 날부터 농장 일을 감독하는 돼지들은 모두 앞발에 채찍을 들고 다녔다. 이제 그것은 더 이상 이상해 보이지 않았다. 돼지들이 라디오를 사들인 것도 전화를 설치한 것도 《존 불John Bull》《팃빗츠 Tit-Bits》《데일리 미러Daily Mirror》 등과 같은 잡지를 구독한 것도 이상해 보이지 않았다. 나폴레옹이 입에 담뱃대를 물고 저택 정원을 거니는 모습도 이상해 보이지 않았다. 그랬다. 돼지들이 옷장에서 미스터 존스의 옷을 꺼내어 입고 다닐 때조차, 나폴레옹 본인은 검은색 코트와 사냥용 반바지와 가죽 레깅스를 착용하고, 그가 총애하는 암돼지는 존스 부인이 일요일에 입던 물결주름무늬 실크 드레스를 입고 나타났을 때조차, 더 이상 아무것도 이상해 보이지 않았다.

그로부터 일주일이 지난 오후 무렵, 개가 끄는 수레 여러 대가 농장에 도착했다. 인근 농장주들로 구성된 대표단이 시찰 삼아 방문한 것이었다. 농장 구석구석을 안내받은 그들은 눈에 보이는 모든 것에 놀라움을 감추지 못했다. 풍차에 대해서는 특히 그랬다. 그 시간에 동물들은 순무밭에서 잡초를 뽑고 있었다. 그들은 땅을 향해 숙인 머리를 거의 들 사이도 없이 그저 열심히 일만 했다. 돼지들이 더 두려운 존재인지 아니면 인간 방문객들이 더 두려운 존재인지 도무지 갈피를 잡을 수 없었다.

그날 저녁에 농장 저택에서는 웃음소리와 노랫소리가 연신 터져 나왔다. 그리고 갑자기 동물들은 그 소리들 속에 낯선 목소리도 섞여 있음을 알게 되었다. 동물들은 의아하기만 했다. 도대체 저 안에서 무슨 일이 일어나고 있는 거지? 사상 최초로 동물과 인간이 함께 모여 평등에 대해 논하고 있는 걸까? 동물들은 일제히 저택을 향해 살금살금 기어갔다.

저택의 대문 앞에서 그들은 잠시 걸음을 멈췄다. 진짜 안으로 들어가도 되는 건지 두려움이 엄습해왔기 때문이다. 클로버가 과감히 앞장섰다. 동물들은 발끝으로 살살 걸어서 저택 바로 앞에 도착했다. 키가 큰 동물들은 식당 창문 안을 들여다볼 수 있는 거리였다. 긴 식탁을 가운데 두고 여섯 명의 인간과 여섯 마리의 지위 높은 돼지가 앉아 있었고, 그중 나폴레옹은 식탁 맨 위쪽의 상좌에 앉아 있었다. 의자에 앉은 돼지들의 모습은 무척이나 편안해 보였다. 그들은 축배를 들기 위해 카드 게임을 잠시 멈춘 상태였다. 커다란 술 단지가 돌았고, 술잔마다 맥주가 다시 채워졌다. 창밖에서 동물들이 몹시 놀란 표정으로 이 모습을 들여다보고 있다는 것을 눈치챈 이는 아무도 없었다.

폭스우드 농장의 미스터 필킹턴이 손에 술잔을 들고 자리에서 일어섰다. 그러고는 다 함께 축배를 들자고 말했다. 하지만 그 전에 반드시 하고 싶은 말이 있다고 했다.

오랜 불신과 오해가 마침내 끝을 보게 되어 너무나 기쁘다고 그는 말했다. 그곳에 있는 다른 참석자들 역시 같은 심정일 거라고도 했다. 한때 이웃 농장주들이 친애하는 동물 농장의 경영자들을 의혹의 시선으로 바라보던 시기가 있었다. 물론, 적대감이라 할 정도로 심한 것은 아니었고, 자기 자신이나 여기 함께 모인 농장주들은 어떤 부정적인 느낌도 가진 적은 없다. 단지 불행한 사건들이 몇 차례 발생한 바 있고, 오해가 있었을 뿐이다. 돼지들이 소유하고 운영하는 농장이 존재한다는 사실이 왠지 비정상적인 것처럼 느껴졌고, 그 지역에 좋지 않은 영향을 미칠 것이라고 생각하는 사람들이 있었다. 그런 농장에는 규율도 질서도 없을 것이라고 속단한 농장주들이 많았던 것이 사실이다. 그런 농장주들은 이 농장이 자신들이 소유한 동물들은 물론, 심지어 자신들이 고용한 일꾼들에게도 나쁜 영향을 미칠까 봐 불안해했다. 하지만 이 모든 의심들은 이제 완전히 떨쳐졌다. 오늘 그와 그의 친구들은 동물 농장을 방문하여 농장의 모든 시설과 상황을 자신들의 눈으로 철저히 점검했다. 그들이 알게 된 것이 과연 무엇일까? 이 농장이 최신 방법으로 경영되고 있다는 것, 이 농장을 지배하고 있는 규율과 질서는 모든 농장들의 귀감이 되어야 한다는 것, 바로 이것이다. 이 농장의 하급 동물들은 영국의 어떤 농장의 동물들보다 더 열심히 일하면서도 식량은 덜 축낸다고 자신 있게 말할 수 있다. 사실, 그와 그의 동료 방문객들은 이곳에서 여러 가지 근사한 농장 경영 방식을 목격했고, 그런 방식을 즉각 자신들의 농장에 도입할 생각을 하고 있다.

미스터 필킹턴은 동물 농장과 이웃 농장들 간의 관계는 우호적이며, 또 그러한 관계가 지속되어야 한다고 강조하면서 발언을 끝내고자 했다. 돼지와 인간 사이에는 어떤 종류의 이해 충돌도 없으며,

또 충돌이 있을 필요도 없다고 했다. 노동 문제라는 건 어디에서나 마찬가지 아니겠는가? 이 대목에서 미스터 필킹턴은 미리 신경 써서 준비한 재담 한마디를 덧붙일 생각이었다. 하지만 너무 기분이 좋아 흥분한 탓인지, 그 말을 하기 직전에 그만 기침을 하기 시작했다. 여러 겹의 턱이 보라색으로 변할 정도로 한참을 기침하고 나서야 그는 간신히 말을 이었다. "당신들에겐 다스려야 할 하등 동물들이 있고, 우리에겐 다스려야 할 하등 인간들이 있는 것 아니겠습니까!" 이 '재치 있는 말'에 좌중은 우레와 같은 함성을 보냈다. 미스터 필킹턴은 다시 한 번 돼지들을 치하했다. 동물들이 적은 식량을 먹으며 장시간 노동을 하는데도 별다른 말썽조차 부리지 않도록 농장을 잘 관리한다는 뜻에서였다.

그리고 마지막으로, 그는 좌중에게 자리에서 일어나 잔을 가득 채우도록 요청했다. "신사 여러분." 미스터 필킹턴이 마무리했다. "신사 여러분, 건배사는 제가 하겠습니다. 동물 농장의 무궁한 번영을 위하여!"

좌중은 열광적으로 환호성을 지르며 발을 굴렀다. 만족감에 가득 찬 나폴레옹은 의자에서 일어나 식탁을 돌아 미스터 필킹턴에게로 걸어갔다. 그리고 자신의 잔을 그의 잔에 부딪친 뒤, 잔을 비웠다. 환호성이 잦아들자 두 발로 선 나폴레옹은 자기도 몇 마디 할 말이 있다는 표정을 지었다. 오해로 얼룩진 시절이 이제 다 끝나서 기쁘다고 그가 말했다. 오랜 시간 동안 자신과 또 자신의 동료들이 체제를 전복하거나 심지어 혁명을 일으키려는 생각을 품고 있다는 소문이 돌았었다. 악의에 찬 몇몇 적들이 퍼뜨린 소문임이 분명하다. 자신과 동료들이 이웃 농장의 동물들을 선동하려 한다는 낭설도 퍼뜨렸다. 그것은 천부당만부당한 말이다! 예전에도 지금도, 그들의 유일한 소망은 이웃 농장들과 평화롭게, 정상적인 사업 관계 속에서 지내고자 하는 것이다. 영광스럽게도 자신이 관리를 책임지고 있는 이 농장은 일종의 협동조합으로서, 그 소유권은 돼지들이 공동으로 갖고 있고 권리증은 자신이 보관하고 있다.

　나폴레옹은 계속 말했다. 과거에 횡행했던 의혹들은 이제 더 이상 존재하지 않을 뿐더러, 최근에 농장에서 단행된 몇몇 변화들은 앞으로 농장에 대한 신뢰를 더더욱 높여줄 것이다. 지금까지 이 농장의 동물들은 서로 '동지'라고 불러왔다. 하지만 이 우스꽝스러운 관행은 금지될 예정이다. 이상한 관행은 또 있다. 애당초 왜 이런 관행이 생겼는지는 모르지만, 매주 일요일 아침에 동물들은 어떤 수퇘지 한 마리의 해골 주위를 행진한다. 안뜰 기둥에 못으로 박혀 있는 해골이다. 이런 행위 또한 금지될 예정이며, 그 해골은 이미 땅에 묻혔다. 방문객들은 깃대 꼭대기에 초록색 깃발이 펄럭이는 모습을 이미 봤을 것이다. 그렇다면 예전에 그 깃발에 그려져 있던 하얀 발굽과 뿔이 지금은 사라진 것도 눈치챘을 것이다. 이제부터 그것은 아무 표시도 없는, 그냥 평범한 초록색 깃발로 남을 것이다.

　나폴레옹은 미스터 필킹턴의 훌륭하고도 우호적인 연설에 대해 딱 한 가지만 지적하고 싶다고 했다. 미스터 필킹턴은 이 농장을 줄 곧 '동물 농장'이라고 불렀다. 그가 동물 농장이라는 명칭이 폐지되었다는 사실을 알지 못한 것은 당연하다. 왜냐하면 지금 이 자리에서 그 사실을 처음 공표하는 것이기 때문이다. 지금 이후로 이 농장은 '매이너 농장'이라고 불릴 것이다. 그것이 이 농장의 원래 이름이자 정확한 이름이다.

"신사 여러분." 나폴레옹이 말을 끝냈다. "이번엔 제가 건배사를 하겠습니다. 좀 전의 것과 동일한 건배사이지만 단어만 조금 다릅니다. 여러분의 술잔을 가득 채우십시오. 자, 신사 여러분. '매이너 농장'의 무궁한 번영을 위하여!"

아까와 같은 열렬한 환호가 터져 나왔고, 술 한 방울 남김없이 잔이 비워졌다. 그때였다. 창밖에서 이 광경을 바라보고 있던 동물들의 눈앞에서 이상한 일이 벌어지고 있었다. 돼지들의 얼굴이 대체 어떻게 된 거지? 클로버의 흐릿한 두 눈이 돼지들의 얼굴을 재빠르게 훑었다. 그중 몇몇은 턱이 다섯 개였고, 몇몇은 네 개였으며, 또 몇몇은 세 개였다. 그건 그렇다 치고, 지금 녹아내리며 달라지는 것처럼 보이는 저건 뭐지? 그때였다. 박수갈채가 끝나고, 일행은 카드를 집어 들어 게임을 다시 시작했다. 창밖의 동물들은 슬그머니 기어서 자리를 떴다.

하지만 이십 미터도 채 못 가서 그들은 멈춰 섰다. 엄청난 함성이 농장 저택에서 흘러나왔다. 다시 저택의 창가로 달려간 동물들은 내부를 들여다보았다. 그랬다. 심한 다툼이 벌어지고 있었다. 고래고 래 고함치는 소리, 탕탕 식탁 두드리는 소리, 날카로운 눈으로 의심 스럽게 노려보는 눈초리, 절대 그렇지 않다고 막무가내로 부인하는 소리 등이 정신없이 오갔다. 나폴레옹과 미스터 필킹턴이 동시에 스 페이드 에이스 키드를 내놓은 것이 다툼의 발단인 듯했다.

화가 잔뜩 난 열두 개의 목소리가 고함을 쳐댔다. 하지만 그 목 소리들은 모두 똑같았다. 돼지들의 얼굴에 일어난 변화가 무엇인지 이제야 분명해졌다. 창밖의 동물들은 돼지에서 인간으로, 다시 인 간에서 돼지로, 그러다가 또다시 돼지에서 인간으로 계속해서 시선 을 옮겼다. 하지만 이미 그들은 누가 인간이고 누가 돼지인지 더 이 상 분간할 수 없었다.

1943년 11월~1944년 2월

옮긴이의 글

    1848년, 독일의 급진적 사상가인 칼 마르크스Karl Marx와 프리드리히 엥겔스Friedrich Engels는 〈공산당 선언〉을 발표한다. 모든 피지배계급이 단결하여 왕정과 자본가계급을 전복하고, 사회 구성원 모두가 생산수단과 생산물을 공동으로 관리하고 소유하는 무계급 평등사회를 이루는 데 앞장서자는 내용의 이 선언은 빈곤과 압제에 시달리던 수많은 유럽의 노동자들과 피 끓는 지식인들을 크게 고무시켰다. 마르크스주의 이념을 현실의 정치 시스템으로 구현하고자 한 최초의 시도는 1917년의 러시아 혁명이었다. 블라디미르 레닌Vladimir Lenin의 지도로 차르tsar(러시아 황제)와 부르주아 계급을 몰아내고 사회주의 체제를 수립하는 데 성공한 러시아는 '소비에트 연방공화국(소련)'으로 국명을 바꾸고, 세계 각국의 급진적인 반체제 운동의 이상理想으로 자리하게 된다.

새로운 체제가 미처 자리를 잡기도 전인 1924년, 혁명의 최고 지도
자이자 공화국의 수장인 레닌은 건강이 악화되어 죽음을 맞게 되고, 이
오시프 스탈린Iosif Stalin이 그 뒤를 잇는다. 애초에 레닌을 계승할 최적
의 지도자로 물망에 올랐던 사람은 스탈린이 아니라 레온 트로츠키Leon
Trotsky였다. 혁명군을 인도하며 1917년 10월 혁명을 승리로 이끄는 데
결정적인 공을 세운 트로츠키는 탁월한 이론가이자 발군의 웅변가로
러시아 공산당 안팎으로부터 큰 주목을 받던 인물이었다. 하지만 이론
가로서나 지도력으로나 별다른 업적을 남긴 바 없는 스탈린은 소련이
나아갈 길에 대한 방법론적 차이와 각종 파벌을 둘러싼 당 내부의 복잡
다단한 지형 속에서 특유의 정치적 권모술수와 지략에 힘입어 대권을
잡게 된다.

　트로츠키와 스탈린의 차이점으로 가장 널리 알려진 것은 '사회주의
의 완전한 실현을 위한 방법론'에 관한 입장 차이다. 트로츠키는 사회주
의가 온전히 정착하기 위해서는 세계 모든 국가, 특히 영국과 미국 등 자
본주의가 고도로 발달한 국가에서 사회주의 혁명이 일어나 그러한 국
가들이 반反혁명 세력으로 군림하는 것을 막아야 한다는 '영구 혁명론'
을 주장했다. 그리고 소련은 그러한 국가들의 사회주의 혁명을 돕는 일
에 주력해야 한다고 역설했다. 반면에 스탈린은 영국과 미국 등지에서
사회주의 혁명이 일어나는 것은 요원한 일이며, 자본주의 국가들을 능
가할 만큼 소련을 산업화하고 사회주의를 정착시키는 것이 시급하다는
'일국 혁명론'을 내세웠다.

권력을 잡는 데 성공한 스탈린은 이러한 자신의 이론과 권위에 직접적으로 도전하거나, 혹은 잠재적으로 도전할 가능성이 있는 개인들과 집단들에 대한 대대적인 숙청을 감행하고 자신에 대한 우상화 작업에 박차를 가한다. 1929년 추방당한 트로츠키는 멕시코에서 망명 생활을 하다 1940년에 암살당한다. 정확한 통계는 알 수 없으나 스탈린의 대숙청Great Purges에 의해 직간접적으로 목숨을 잃은 사람들의 수는 학자들에 따라서 적게는 2,000만 명에서 많게는 4,000만 명이 넘을 것으로 추정하고 있다. 소련 일국에서 완전한 사회주의를 실현하기 위해서는 사회주의를 위협하는 모든 내부 세력을 제거해야 한다는 그의 주장이 이처럼 상상을 불허할 규모의 비극적인 피의 보복을 정당화했다.

식민지 인도에서 영국인 하급 관료의 아들로 태어난 조지 오웰(본명은 에릭 아서 블레어Eric Arthur Blair)은 역시 영국의 식민지였던 버마(오늘날의 미얀마)에서 경찰로 근무하면서부터 제국주의, 빈곤, 독재 등과 같은 사회적·정치적 문제에 깊은 관심을 갖기 시작했다. 경찰직을 그만두고 유럽으로 돌아온 그는 런던과 파리 등지에서 걸인이나 빈민들과 함께 생활했고, 1936년 발발한 스페인 내전에 좌파 저항군의 일원으로서 참전하여 부상을 입기도 했다. 그의 소설들 대부분은 자신의 이러한 경험을 토대로 가난하고 힘없는 하층민의 고달픈 삶과 애환을 다루고 있다.

《1984년Nineteen Eighty-Four》과 함께 오웰의 대표적인 작품으로 꼽히는 이 책《동물 농장Animal Farm》은 선한 동기로 권력을 잡지만 결국 권력의 맛에 부패해버리고 마는, 어쩌면 보편적이다시피 한 권력의 위험한 속성을 묘사한다. 하지만 보다 구체적으로는 러시아 사회주의 권력의 암담한 변질 과정을 우화 형식을 빌려 노골적으로, 그리고 통렬히 그려낸다. 인류 최초의 사회주의 국가인 러시아, 당시 전 세계의 피지배자들이 실현 가능한 희망이자 목표로 삼던 러시아가 관료들의 탐욕에 의해 결국 애초에 자신들이 뒤엎었던 바로 그 권력의 모습을 고스란히 닮아가는 모습이 민주적 사회주의를 꿈꾸던 오웰에게 어떤 실망을 안겨주었는지 잘 드러난다.

러시아 혁명에 대해 지식이 있는 독자라면《동물 농장》에 등장하는 캐릭터들이 어떤 실존 인물들을 나타내는지, 혹은 어떤 집단이나 개념을 상징하는지 어느 정도 짐작할 수 있을 것이다. 미스터 존스는 러시아의 짜르와 자본가를, 올드 메이저는 마르크스를, 인간들은 자본가 집단을 상징한다. 이론에 밝고 연설을 잘하는 스노우볼은 트로츠키이며, 탐욕스럽고 잔인한 독재자 나폴레옹은 스탈린이다. 나폴레옹의 입이라 할 수 있는 스퀼러는 1930년대 스탈린 치하의 공산당 기관지인《프라우다Pravda》(러시아어로 '진실'을 뜻한다)를, 나폴레옹의 수행견들은 소련의 악명 높은 비밀경찰 KGB를 나타낸다. 돼지들에게 미움과 사랑을 동시에 받으며 하늘나라 슈가캔디 마운틴의 존재를 설파하고 다니는 까마귀 모세는 종교 지도자들을 상징한다. 복서와 클로버는 근면한 프롤레타리아를, 글을 읽을 줄 아는 뮤리엘은 교육받은 소수의 노동계층을 상징한다. 회의주의자인 당나귀 벤저민은 혁명에 반대하지 않지만 그 미래에 대해 낙관하지도 않는, 문제를 알면서도 아무 일도 하지 않는 러시아 인텔리겐치아intelligentsia(지식인층)를 나타낸다. 농장을 뛰쳐나간 몰리는 러시아 혁명 이후 해외로 탈출한 허영심 많은 소자본가 계급을, 양들은 무지한 일반 대중을 상징하며, 미스터 프레더릭은 아돌프 히틀러Adolf Hitler를, 미스터 필킹턴은 영국과 미국을 상징한다. 한편, 풍차는 러시아의 산업화를 지칭한다.

분량은 짧지만 인간의 본성과 권력의 본질에 대한, 쉽게 풀리지 않는 길고 지난한 의문을 담은 소설이다. 유머와 재미가 가득하지만 그 하나하나가 가시처럼 아프다. 복서의 마지막 몸부림이 뇌리를 떠나지 않는다.

조지 오웰 연보

1903년 6월 25일 당시 영국령이었던 인도 벵골Bengal에서 인도 주
재 하급 공무원이었던 아버지 리처드 웜슬리 블레어Richard Walmesley
Blair와 어머니 아이다 메이블 리무진Ida Mable Limouzin 사이에서 태어
남. 본명은 에릭 아서 블레어로 조지 오웰은 훗날 붙인 필명임.

1904년 어머니, 누나 마조리Marjorie와 함께 영국으로 돌아옴. 아
버지가 3개월간의 휴가로 영국에 왔던 다섯 살 때까지 아버지를 볼 수
없었음.

1911년 당시 영국에서 가장 좋은 예비학교 중 하나였던 세인트시
프리언스 학교에 추천을 받아 입학하여 반액 장학금을 받을 만큼 우수

한 성적을 거둠.

1917년 당시 영국 최고의 사립학교였던 이튼 학교에 입학함. 빈부 격차와 계급 차별을 강하게 인식하기 시작한 데다 식민지 관료와 군인을 양성하는 데 목적을 둔 억압적인 학교 분위기에 반감을 갖게 되어 공부에 점점 흥미를 잃기 시작함.

1922년 이튼 학교를 졸업함. 졸업 무렵에 성적이 바닥으로 떨어져서 대학 진학을 포기하고 인도제국경찰 시험에 응시·합격하여 버마(지금의 미얀마)에서 근무를 시작함. 월급도 많고 안정적이었으나 식민지 경찰로서 제국주의에 대한 혐오감과 자신의 역할에 대한 수치심을 느끼게 됨. 현지어를 쉽게 익혀 사용하면서 다른 경찰들과는 달리 엄청난 양의 독서를 하면서 자신만의 생활을 영위함.

1927년 휴가를 받아 영국으로 돌아와서는 가족들의 반대에도 굴하지 않고 곧바로 사표를 제출하여 인도제국경찰을 그만둠. 런던의 빈민가로 거처를 옮기고는 본격적인 작가 수업에 들어감.

1928년 이모가 있던 파리로 건너감.《르 몽드 *Le Monde*》에 〈영국 비판 *La Censure en Angleterre*〉이란 글을 발표하는 등 잡지에 몇몇 글을 기고했을 뿐 안정된 일자리를 구하지 못하여 호텔 접시닦이, 서점 직원 등으로서 하루 평균 열다섯 시간을 일하거나, 그마저 여의치 않을 때는 굶어가면서 노숙자 생활을 함.

1929년 병든 채 영국의 집으로 돌아옴. 가정교사 일을 잠시 하기도 했지만 대개 집에서 글을 쓰거나 그림을 그림. 얼마 지나지 않아 대중적 사회주의의 선두 매체 중 하나였던 잡지 《뉴 아델피New Adelphi》에 글을 발표하기 시작해 1935년까지 정규 기고자로서 활약함.

1932년 런던의 빈민가에서 노숙자 생활을 하다가 켄트Kent로 가서 하루에 열 시간씩 노동자로 일한 뒤 3주 후 다시 런던으로 돌아옴. 4월부터 호손즈 학교의 교사로서 1933년까지 일하게 되었고, 이때 엘리노어 자크Eleanor Jacques를 만나 사랑에 빠짐.

1933년 첫 책인 《파리와 런던의 길거리 인생Down and Out in Paris and London》을 출간함. 자신이 경험했던 빈민가 생활을 바탕으로 사회적인 모순과 불합리를 신랄하고도 유머러스하게 고발한 이 책 발표를 계기로 집 앞의 강 이름인 오웰을 따서 조지 오웰이라는 필명을 사용함. 잡지에 기고할 때는 여전히 에릭이라는 이름을 사용함. 버마에서 겪은 경험을 바탕으로 반제국주의 정서가 강하게 드러나는 《버마에서의 나날들Burmese Days》을 집필하기 시작함.

1934년 10월에 미국에서《버마에서의 나날들》을 출간함. 런던에서 서점 점원으로 일함.

1935년 3월에 소설《어느 성직자의 딸*A Clergyman's Daughter*》을 출간함. 훗날 스스로 "돈벌이 때문에 쓴 책"이라고 했지만 호응을 얻었음. 서점의 점원으로 일했던 경험을 살린《엽란이 날아가도록 내버려둬*Keep the Aspidistra Flying*》를 출간함.

1936년 1월부터 3월까지 영국 북부 산업 지역으로 가서 실업 문제에 관해 취재함. 하숙집 주인의 소개로 만난 아일랜드계 여인 아일린 오쇼네시Eileen O'Shaughnessy와 5월에 결혼함. 오쇼네시는 영문학 교사 출신으로 당시에 교육심리학을 공부하고 있었고, 오웰의 사상적 동반자 역할을 하게 됨. 스페인 내전이 발발했다는 소식을 듣고 아내와 함께 겨울에 스페인으로 가서 통일노동자당 의용군에 합류함.

1937년 영국 북부 산업 지역 실업자들의 삶과 애환을 그린《위건 부두로 가는 길*The Road to Wigan Pier*》을 3월에 발표함. 빅토르 골란츠Victor Gollancz의 의뢰로 쓰고 있던 작품으로, 스페인에 가는 바람에 출간이 늦어졌지만 사회주의자로서의 의식이 명확히 드러난 첫 번째 책이 됨. 스페인 내전 동안 파시즘에 대항하는 데 힘을 보태고자 했지만 5월에 목을 관통당하는 총상을 입고 아내와 함께 스페인을 탈출해서 프랑스를 거쳐 영국으로 돌아옴.

1938년 악화된 건강 때문에 3월에 요양소로 들어감. 스페인에서의
경험을 바탕으로 집필한 《카탈로니아 찬가*Homage to Catalonia*》를 4월
에 발표함. 처음에는 좌파 출판사였던 골란츠를 비롯한 여러 곳에서 출
간을 거부당함. 제2차 세계대전 당시 소련이 연합국에 속해 있어서 소
련에 대한 비판을 꺼리는 분위기가 지배적이었고, 영국의 좌파는 친소
경향을 띠었으므로 스탈린주의에 대해 경계심을 나타냈던 오웰의 작품
출간이 어려워짐. 세커 앤드 워버그Secker and Warburg 출판사의 도움으
로 이 책을 출간했지만 그가 죽을 때까지도 초판이 다 팔리지 않았음.
하지만 지금은 스페인 내전에 대해 가장 사실적으로 그린 르포르타주
로 인정받고 있음. 9월에는 요양차 아내와 모로코 여행을 함.

1939년 소설 《숨 쉬러 올라오기*Coming Up for Air*》를 출간함.

1940년 에세이 《고래 배 속에서*Inside the Whale*》를 출간함.

1941년 에세이 《사자와 일각수*The Lion and the Unicorn*》를 출간함.
BBC 방송국에서 방송 원고를 집필하고 대담을 진행하는 일을 시작함.

1943년 9월에 BBC 방송을 그만둠. 11월에 좌파 잡지 《트리뷴

Tribune》에서 문학 편집자로 일하기 시작함. 정기 칼럼 〈나 좋을 대로*As I Please*〉와《동물 농장》을 집필하기 시작함.

1944년 2월에《동물 농장》을 탈고함. 러시아 혁명을 다룬 데다 소련과 스탈린에 대한 비판으로 가득 차 있어서 한동안 출간에 난항을 겪었으며 런던 공습 중에 원고가 불타버릴 뻔하기도 함. 양자를 들이고는 리처드 호레이쇼 블레어Richard Horatio Blair라 이름 붙임.

1945년 제2차 세계대전이 끝날 무렵《옵서버*Observer*》의 특파원으로서 파리와 쾰른Köln을 다녀옴. 3월에 아내 아일린 오쇼네시가 수술을 받던 도중 갑작스럽게 사망함. 정부의 언론 탄압에 대항하여 '자유방어 위원회'에서 활동하며 현실적인 논평이나 에세이를 잡지에 기고함. 8월에《동물 농장》을 출간함. 파시즘에 반대하는 내용을 담았음에도 반反공산주의적인 내용에 주목한 미국에 의해 광범위하게 번역되어 전 세계 각국에서 출간됨.

1946년 《비판적 에세이*Critical Essays*》를 출간함. 스코틀랜드의 주라Jura 섬으로 이주하여 여동생 에이브릴Avril의 도움으로 양자 리처드를 자연 속에서 키우면서《1984년》을 집필하기 시작함.

1947년 집필 기간 내내 폐결핵으로 고생하면서도 인간의 삶과 생각이 국가에 의해 철저히 관리되고 통제되는 충격적인 미래사회를 묘사한 《1984년》의 초고를 11월에 탈고함. 에세이 《영국 사람들*The English People*》을 출간함.

1949년   6월에 《1984년》을 출간함. 10월에 폐결핵으로 입원한 상태에서 소냐 브라우넬Sonia Brownwell과 결혼함.

1950년   아내 브라우넬과 함께 스위스 요양 여행을 떠나기로 계획했으나 1월 21일 런던에서 폐결핵으로 사망함.